阅读世界文学巨匠系列

03

德国文学的王者：歌德

王博 梁锡江——著

華中科技大學出版社
http://www.hustp.com
中国·武汉

图书在版编目（CIP）数据

德国文学的王者：歌德 / 王博，梁锡江著 . -- 武汉：华中科技大学出版社，2021.5
（阅读世界文学巨匠系列）
ISBN 978-7-5680-7019-5

Ⅰ . ①德… Ⅱ . ①王… ②梁… Ⅲ . ①歌德(Goethe, Johann Wolfgang Von 1749–1832) – 文学研究②歌德(Goethe, Johann Wolfgang Von 1749–1832) – 生平事迹
Ⅳ . ① I516.64 ② K835.165.6

中国版本图书馆 CIP 数据核字 (2021) 第 070263 号

德国文学的王者：歌德 王博 梁锡江 著
Deguo Wenxue de Wangzhe：Goethe

策划编辑：亢博剑 伊静波 孙念
责任编辑：孙 念
责任校对：李 弋
责任监印：朱 玢
封面设计：璞茜设计 2815932450@qq.com
出版发行：华中科技大学出版社（中国·武汉） 电话：（027）81321913
武汉市东湖新技术开发区华工科技园 邮编：430223
印 刷：湖北新华印务有限公司
开 本：880mm × 1230mm 1/32
印 张：6.75
字 数：144 千字
版 次：2021 年 5 月第 1 版第 1 次印刷
定 价：32.00 元

序

文明互鉴 求同存异

曾几何时，迫于泰西的坚船利炮和千年未有之大变局，洋务运动开启了改良的滥觞。但囿于技不如人，且非一朝一夕可以赶超，一些仁人志士又被迫转向上层建筑和世道人心。及至“百日维新”，新国家必先新风气、新风气必先新文学被提上日程。这也是五四运动借文学发力，“别求新声于异邦”的主要由来。

是以，从古来无史、不登大雅的文学着手，着眼点却在改天换地：梁启超发表《论小说与群治之关系》等檄文，陈独秀、瞿秋白、鲁迅、胡适等前赴后继，文学革命蔚然成风，并逐渐将涓涓细流汇聚成文化变革的浩荡大河。

用习近平总书记的话说，“文化是一个国家、一个民族的灵魂，文化兴国运兴，文化强民族强。没有高度的文化自信，没有文化的繁荣兴盛，就没有中华民族伟大复兴。”而文学始终是狭义文化的中坚。因此，习近平总书记历来高度重视文学发展和文明互鉴，《在文艺工作座谈会上的讲话》发表后不久，又提出了“不忘本来，吸收外来，面向未来”，此乃大同精神所自也、最大公约数所由也。如是，“建设文化强国”写进了我国的“十四五”规划，这不仅彰显了文化自信，而且擢升了文化强国的动能。

一

《周易》云：“观乎天文，以察时变；观乎人文，以化成天下。”所谓人文化成，文化在中华传统思想中几乎是大道的同义词。且说中国特色社会主义文化源自中华民族五千年文明历史所孕育的优秀传统。创造性继承和创新性发展传统文化不仅是民族生生不息的精神命脉，而且也是涵养社会主义核心价值观的源头活水，更是我们在世界文化激荡变幻中站稳脚跟的坚实基础。同时，海纳百川地吸收世界优秀文化成果不仅是不同国家和人民之间交流的需要，也是提升个人修养的妙方。所谓“他山之石，可以攻玉”，早在汉唐时期，兼收并蓄、取长补短便是中华文化、中华民族繁荣昌盛的不二法门。

前不久，习近平总书记又在《治国理政》第三卷中明确提出，“我将无我，不负人民”。多么令人感奋的誓言！这是对“天下为公”和“为人民服务”思想的现实阐发，也让我想起了老庄思想中遵循“天时”“人心”的原则。由是，人类命运共同体理念尊崇最大公约数：除基本的民族立场外，还包含了世界各民族自主选择的权利。这是两个层面的最大公约数，与之对立的恰恰是不得人心的单边主义和霸权主义。

作为人文学者，我更关注民族的文化精神生活。诚所谓“有比较才能有鉴别”，中华文化崇尚“穷则独善其身，达则兼济天下”，乐善好施、协和万邦；同时，中华文化又提倡天人合一、因地制宜。当然，中华文化并非一成不变，更非十全十美。因此，见贤思齐，有容乃大也是我们必须坚持的基本信条之一，反之便是闭关自守、夜郎自大所导致的悲剧和苦果。当前，我国文化与世界各国文化的交流方兴未艾，学术领域更是百花齐放，呈现出前所未有的多样性和丰富性。这充分显示了我国的开放包容和建构人类命运共同体的美好愿景。自“百日维新”和五四运动以降，我国摒弃了文化自足思想，从而使“西学东渐”达到了空前的高度。具体说来，二百年“西学东渐”不仅使我们获得了德先生和赛先生，而且大大刺激了我们麻木已久的神经。于是，马克思主义、人道主义、女权主义、生态思想等众多现代文明理念得以在中华大地发扬光大。

西方的崛起也曾得益于“东学西渐”。设若没有古代东方的贡献，古希腊罗马文化的发展向度将不可想象，“两希文明”也难以建立。同样，在中古时期和近代，如果没有阿拉伯人通过“百年翻译运动”给西方带去东方文明成果（其中包括我国的“四大发明”），就没有文艺复兴运动和航海大发现。

总之，丰富的文化根脉、无数的经验教训和开放包容的心态不仅使中华民族在逆境中自强不息，而且自新中国成立，尤其是改革开放和新时代以来，也益发奠定了国人求同存异的民族品格。

二

人说不同民族有不同的文化，后者就像身份证。而我更乐于用基因或染色体比喻文化。大到国家民族，小至个人家庭，文化是精神气质，是染色体，是基因。它决定了各民族在国际交往中既有发展变化，又不易被淹没的活的魂灵。

如今平心而论，我们依然是发展中国家。即或硬件上也尚有不少“卡脖子”的问题，软件和细节方面就更不必说。我们需要向西方学习和借鉴的地方还有很多。而文学艺术不仅是世道人心的载体，也是文明互鉴中不可或缺的航标。

前辈钱锺书先生一直相信“东海西海，心理攸同；南学北学，道术未裂”。古人则有“夫以铜为镜，可以正衣冠；以史为镜，可以知兴替；以人为镜，可以明得失”之谓。人需要借镜观形、换位思考、取长补短，民族、国家亦然。

有鉴于此，我真诚地祝愿阅读世界文学巨匠系列丛书顺利出版，祈中华文化在吐故纳新、温故知新、不断鼎新中“苟日新，日日新，又日新”。

中国社会科学院学部委员，外国文学研究所原所长，
中国外国文学学会会长，第十二、十三届全国政协委员
陈众议

匿名的共同体与“回家的召唤”

24年前，费孝通先生首次提出文化自觉的概念，包含着两层意思：首先，要对自己的文化追根溯源、把握规律、预示未来；其次，不断与异文化交流并尊重差异，携手共同发展。这一概念的提出时值全球一体化之初，借由他者体认自我的意识不可谓不高瞻远瞩。

今时今日，我们说不同文明之间要平等对话、交流互鉴、相互启迪，前提便是高度的文化自觉：知自我从何而来、到何处去，知不同于我者为差异及补充。

但具体而言，自我体认如何与他者相关？可试从我熟悉的翻译说起。

几近一百年前，1923年，自称“在土星的标志下来到这个世界”的本雅明将法国诗人波德莱尔的《巴黎风貌》译为德文，并撰写了译序，题为《译者的任务》。在这篇译序中，本雅明谈翻译，实际上也在谈认知及语言。明面上，本雅明主要阐述了三个问题：

其一，文学作品是否可译；其二，如果原作者不为读者而存在，我们又如何理解不为读者而存在的译作；其三，翻译的本质为何。

为此，本雅明打了一个比方。他将文字比作树林，将作者看作入林的行路者，而译者则是林外纵观全局、闻语言回声之人。文学作品如若绕圈打转，所及无非枯木，向上无以萌芽刺破天空，向下无根系网织土壤、吸收营养、含蓄水分，又何来可译的空间？可译不可译的问题便化为有无翻译的空间及价值的判断。文林呼唤作者入内，作者受了文林的吸引而非读者的呼唤，而文林又非无动于衷的死物，始终在生长、变化，身于林外的译者眼见这一错综复杂的变迁，所领略的只能是变化的共同体——原作“生命的延续”，也非读者的期待。翻译，便是无可奈何地眼见原作的变化、语言间的差异，“在自身诞生的阵痛中照看原作语言的成熟过程”，真正的翻译，因为表现出语言的变化以及不同语言之间的互补关系，自然流露出交流的渴望。

若非差异，若非差异构建的空间广阔，若非差异空间的变化与生长之永恒，何来交流之必要，又何谈翻译？

四十多年后，法国作家布朗肖批判性地阅读了本雅明的《译者的任务》，写下了《翻译》一文。布朗肖说，翻译确实可贵，文学作品之所以可译，也的确因为语言本身的不稳定性与差异，“所有的翻译栖息于语言的差异，翻译基于这一差异性，虽然从表面看似乎消除了差异”。但是，作为母语的他者，外语唤醒的不仅仅是我们对差异的感知，更重要的，还有陌生感。对于我们早已习以为常的母语，因为外语的比对，我们竟有如身临境外偶然听到母语一般，忽然之间竟有一种陌生的感觉，仿佛回到了语言创造之初，触及创造的土壤。

20世纪20年代，德国作家本雅明阅读、译介法国作家波德莱尔，写下了世界范围内影响至深的《译者的任务》。20世纪70年代，法国作家布朗肖批判性阅读德国作家兼翻译家本雅明的《译者的任务》，写下《翻译》，影响了一代又一代后现代主义的代表人物。可见，翻译不仅从理论上，更是在有血有肉的实践中解释并促进着跨文化的交流与不同文明的互鉴。

文之根本，在于“物交杂”而变化、生长，文化之根本在于合乎人类所需又能形成精神符号，既可供族群身份认同，又可以遗产的方式薪火相传。简单说，文化更似一国之风格。“阅读世界文学巨匠”系列丛书，具有启迪性的力量，首辑选取了10国10位作家，有荷马（希腊语）、塞万提斯（西班牙语）、但丁（意大利语）、卡蒙斯（葡萄牙语）、歌德（德语）、雨果（法语）、普希金（俄语）、泰戈尔（孟加拉语）、马哈福兹（阿拉伯语）、夏目漱石（日语）——一个个具有精神坐标价值的名字，撑得起“文学巨匠”的名头，不仅仅因为国民度，更因为跨时空的国际影响。我们的孩子从小便从人手一本的教科书或课外读物中熟悉他们的名字与代表性作品，从某种程度上来说，他们的风格似乎代表了各国的风格。当哈罗德·布鲁姆谈文学经典所带来的焦虑时，同时表达着文化基因的不可抗拒性。进入经典殿堂的作品及作家，表现、唤醒并呼唤的正是典型的文化基因。当我们比对普希金、歌德、夏目漱石、泰戈尔及其作品时，比对的更像是俄罗斯、德国、日本、印度及其精神、文化与风骨。伟大的作品往往没有自己的姓名，匿名于一国的文化基因，似乎将我们推向文化诞生之初，让我们更接近孕育的丰富与创造的可能。在这一基础上，如上文所说，作为文化的他者，他国的文学巨匠将唤醒我们对于自身文化的陌生感，让我们离文化的诞生之地又进了一步。

至于文明，则是社会实践对文化作用的结果，作为一国制度及社会生活成熟与否的尺度及标准，不同文明有着各自更为具体的历史、人文因素与前行的目标。尊重文化间的差异，鼓励不同文化的平等对话与交流互鉴，既是文明的表现，更是文明进一步繁荣的条件。差异构建的多元文明相互间没有冲突，引发冲突的是向外扩张的殖民制度与阶级利益，极力宣扬自我姓名甚至让其成为法令的也是殖民制度与阶级利益，而非文明。24 年前，费孝通先生所畅想的美美与共的人类共同体，便是基于文明互鉴的匿名的共同体。

差异与陌生引领我们步入的并非妥协与殖民扩张之地，而是匿名于“世界”与“国际”的共同体。

我们试图从翻译说起，谈他者之于文化自觉与文明互鉴的重要性，也谈经典之必要，翻译之必要，因为正如本雅明所说，“一切伟大的文本都在字里行间包含着它的潜在的译文；这在神圣的作品中具有最高的真实性。《圣经》不同文字的逐行对照本是所有译作的原型和理想。”而今，摆在我们面前的这套丛书，集翻译、阐释、文化交流与文明互鉴为一体，因为更立体的差异与更强烈的陌生感，或许可以成为作品、文化与文明创造性的强大“生命的延续”。

最后，仍然以本雅明这一句致敬翻译、文化交流与文明互鉴的努力：有时候远方唤起的渴望并非是引向陌生之地，而是一种回家的召唤。

浙江大学文科资深教授、中国翻译协会常务副会长

许钧

2021 年 4 月 7 日于南京黄埔花园

CONTENTS

目 录

导言

为什么我们今天还要读歌德？

虽然阅读文学经典在中国有着悠久的传统，但是“经典”一词的由来及其背后的通识教育考量却是从西方开始的。自西方文艺复兴以来，阅读文学经典，尤其是古希腊罗马的经典文献一直都是博雅的通识教育的重要组成部分。而这一人本主义的教育理想也被社会的教育精英们一直带入了 21 世纪。经典文学的名单也不断扩大，古今中外，无所不包。

如果说阅读本民族的文学经典，其首要的目的是认识和了解本民族的文化遗产，塑造民族认同感的话，那么阅读国外文学经典，其首要的目的则是扩展自己的知识与视野，进而提高自己的能力。所以，阅读以歌德为代表的德国文学经典，首先能很好地锻炼读者的阅读和理解能力。阅读和理解能力的培养绝非一朝一夕之功，而是需要长久的训练与坚持。正所谓“熟能生巧”，文学的阅读也是如此。

经典看得越多，对于文字的使用就越敏感，对于内容的分析就越频繁，我们的阅读和理解能力就会得到更好的提升。特别是当我们阅读来自遥远且陌生的异域文学时，我们面对的可能是另外一种截然不同的生活方式与思维方式。这个时候的阅读，就会对我们的常识与能力提出更苛刻的挑战，但从另外一个角度来说，它也给予了我们挑战自我、锻炼自我的机会。尤其是以哲思见长的德国文学，其作品的复杂程度与角度的丰富性，更是有助于锻炼我们进行复杂思考的能力。

为了跨越时代与文化上的界限，我们首先会主动去探寻和了解相关的背景知识。这就要求我们在阅读文学经典之前或之中，先去了解一下当时的时代背景，而且这也能更好地唤醒我们的好奇心与求知欲，并且帮助我们更好地理解作品。事实上，要更好地理解歌德的《少年维特之烦恼》，就有必要了解卢梭以及整个欧洲启蒙运动的追求与影响，了解欧洲人对自由的渴望，了解为什么美国人帕特里克 · 亨利会在 1775 年 3 月 23 日的殖民地弗吉尼亚州议会演讲中说出那句振聋发聩的话语：Give me liberty or give me death。（不自由、毋宁死）。

学习异域文化知识，可以开阔我们的视野。而在学习相关知识的途径中，阅读异域文学经典无疑是一种不错的选择。虽然我们可以利用工具书或搜索引擎来了解相关的国家与时代，但是阅读文学经典则可以帮助我们从精神上、心理上更好地内化相关的知识。无论你读过多少关于 1800 年前后的德国的文章或书籍，但绝对不会有哪一种阅读能够替代文学的阅读，并且能够像阅读《少年维特之烦恼》或莱辛的戏剧《爱米丽雅 · 迦洛蒂》那样，给予你那么直观的感受与了解。而且从另外一个角度来说，因为对外国文学的阅读，还会激发读者学习外语的兴趣，因为读了翻译本之后，很多人会不满足，还会想找原文来看一看，直接领略原文的风采。所以，阅读外国经典文学，对于读者的外语学习也是一个很好的刺激。

当然，经典的阅读也不一定总是需要非常深厚的背景知识，而且相关的知识积累与阅读能力的培养也都需要长期的过程。一般说来，能够看懂《哈利 · 波特》的人，其实基本上也可以大致看懂《威廉 · 迈斯特的学习时代》与《威廉 · 迈斯特的漫游时代》，因为不论是前者，还是后者，都关注一个人的成长与发展。但是除了时代与地域上的差异之外，经典文学的难度其实主要在于它在形式上的反叛性。它总是显得有点不同寻常，突破了既有的经验与认知框架。我们人类总是希望待在自己的舒适区域，而一旦无法实现，很多时候就会引起我们的不适和反感。所以，《威廉 · 迈斯特的学习时代》与《威廉 · 迈斯特的漫游时代》，虽然也可以算是冒险故事，但无论是形式上，还是内容上，它都与普通的冒险故事不一样，其内部会有很巧妙的结构安排，还会有大量的涉及多种主题的哲思与反思，所以如果一般的读者看来，很有可能会觉得整体的故事缺乏主线，夹叙夹议的做法稍显过火。但这也恰恰可以更好地锻炼读者的开放性思维，让他学会接受或者尝试接受某些他所不习惯的东西。因为德语文学的突出特点就是对于叙事的忽视，叙事从来都不是德语文学的强项。所以阅读德语文学，并不会像阅读英语文学那样轻盈，因为德语文学的特点就是不依靠叙事来吸引眼球，而是依靠不一定沉重但一定非常认真的思考。

而这种思考就让德语文学经典具有了超越时代的特质。所以，《少年维特之烦恼》一问世，当即风靡了德国和整个西欧。因为这一本书并不仅仅是为那个时代而写的，它刻画的乃是人类青年永恒的命运。在个人的热血与冷酷的现实之间，在个人自由与社会束缚之间，维特的所思所想与所作所为，都让后世无数的青年找到知音和认同感。同样，通过塑造“浮士德”这一人物形象，歌德实际上是对现代人做了一次生动的写照。与浮士德一样，现代人总是追求更多的刺激，例如更多的知识、更多的金钱、更多的性等等。在这方面的追求，似乎是没有尽头的。现代部分人不知道界限，不知道适可而止，从不知足，甚至会肆无忌惮地破坏那些他赖以生存的根本。我们甚至可以将整部《浮士德》看作是一个深刻的寓言故事。尤其是对于今天这样全球化的、不断加速发展的世界而言，《浮士德》的寓意是深刻的。现代社会中的人们一味地追求剥削环境资源、不停歇地在消费中追寻自己的福祉、不间断地将一切都投注在对未来的期许上。而在人类通过技术征服自然的问题上，浮士德充满了忧虑，他让我们反思，现代技术与消费社会其实也很有可能是一个危机四伏的社会。

阅读德语文学经典作品，就意味着，在某种抽象的层面上去处理类似的复杂主题。如果能在这个问题上坚持下去，那么这个过程中读者所表现出来的或者所获得的处理复杂问题的能力与韧性，都将对个人乃至整个社会大有裨益。更为重要的是，通过阅读异域的文学经典，我们会达到歌德所谓的“世界文学”的层次。歌德曾经谈道：“我相信，一种世界文学正在形成，所有的民族都对此表示欢迎，并且都迈出了令人高兴的步子。在这里德国可以而且应该大有作为，它将在这伟大的聚会中扮演美好的角色。”作为诞生于 18 世纪的知识精英，歌德深受当时的启蒙思想的影响。当时的德国知识界对启蒙思想带来的超国界的普遍原则非常推崇，因此很多德国人都是世界主义者或世界公民。在全球化趋势日益明确的今天，歌德的作品及其所反映的世界主义精神，都对当代公民的精神塑造有所帮助。因为有了“世界文学”之后，我们才能进一步成为“世界公民”，从而为建设“人类命运共同体”以及“大同社会”做出贡献！

PART 1

歌德的生平与思想

歌 德 生 平

1749年8月28日，约翰·沃尔夫冈·冯·歌德（Johann Wolfgang von Goethe）出生在美茵河畔法兰克福的一个富裕家庭。歌德的父亲拥有法学博士学位，虽然没能在政府部门谋得一官半职，但他为自己求得了“皇家法律顾问”的称号。与出生于商人家庭的歌德父亲相比，歌德母亲的家族则显赫许多，歌德的外祖父是法兰克福的市长，他为歌德取了同自己一样的名字——约翰·沃尔夫冈。

歌德的父亲比歌德的母亲年长21岁，两人婚后育有多子，但只有歌德和小一岁的妹妹科尼丽亚存活了下来。38岁得子的歌德父亲对歌德寄予了厚望，在歌德年仅4岁的时候就请来了家庭教师，教授他法文、英文、意大利文、拉丁文、希伯来文等多门语言，同时歌德还要上绘画、钢琴、马术等课程。年幼的歌德在此过程中展现出过人的天赋，尤其是在文学方面，这让父亲更加重视对歌德的教育，甚至亲自担任儿子的老师。不过，与总以严父形象出现的父亲相比，歌德与母亲以及外祖母的关系更为亲密。年轻的母亲温柔耐心，时常给予歌德鼓励并经常用生动的语言为歌德讲故事，外祖母则热衷于为孩子们准备各式零食和玩具，喜爱木偶戏的她曾送给歌德一套表演木偶戏的玩具人偶，歌德与小伙伴们玩得不亦乐乎，他忙着排练剧本，甚至开始自己创作。歌德后来在回忆录中写道："这种儿童的玩意儿和劳作从多方面训练和促进了我的创造力、表现力、想象力，以及每一种技巧"，"从父亲那里，我得到强壮的体魄和做一个正直人的人生观；从母亲那儿，则继承了她乐观的性格和良好的语言表达能力"。

18 世纪中期，日耳曼民族神圣罗马帝国已经名存实亡，帝国土地上割据着大大小小 300 多个邦国，而当时的法兰克福是一座商业发达、享有一定自治权的帝国自由市。1756 年，欧洲主要几个强国为巩固各自的霸权打响了"七年战争"，战火也烧到了法兰克福。1758 年开始，法兰克福长期处于法国军队的统治之下，歌德家也先后住进了法军将领多伦伯爵和秘书处主任莫里兹先生。通过与两位的接触，歌德的法语知识和数学水平有了一定的提升。而在法兰克福上演的法国戏剧更是加深了歌德对戏剧的兴趣与理解。

1765 年，歌德在父亲的安排下前往莱比锡大学修习法律，虽然热爱文学与艺术的他更倾向去哥廷根大学深造。拥有着法学博士学位却未曾在法律领域有所作为的父亲一直把歌德视作自己梦想的延续，然而歌德自身却对法律没有丝毫兴趣，因此他决定在兼顾法律学习之余在莱比锡继续自己对文学与艺术的追求。

在充满朝气、有小巴黎之称的莱比锡，歌德度过了三年无拘无束的时光。除了枯燥乏味的法律课程，歌德可以依据自己的爱好安排生活：他拜访了文学教授克里斯蒂安·格勒特（Christian Gellert），但因为歌德仿古的书信体诗歌与格勒特倡导的散文体格格不入，歌德并没有得到格勒特的赏识；此外，歌德还结识了密友恩斯特·贝里施（Ernst Behrisch）。贝里施是林登诺伯爵公子的私人教师，他精通各国文学，写得一手好字。当歌德因为没有受到格勒特的赞赏而灰心失望之时，贝里施给予了歌德莫大的鼓励。同时，歌德结交了莱比锡画院院长亚当·奥赛尔（Adam Oeser），奥赛尔不仅乐于向歌德传授绘画技巧，而且指导他研习了艺术家约翰·温克尔曼（Johann Winckelmann）的古典主义美学，大大提升了歌德的艺术理念与品位。同时，歌德还师从约翰·施托克（Johann Stock），学习了蚀刻与铜版雕刻。不过，在绘画或者雕刻领域缺少天赋的歌德没能有所建树。总体来说，远离了父母的歌德在莱比锡享受了极大的自由，在保证基本的法律学习之外，歌德可以尽情地追求他的文学与艺术之梦。在这里，歌德也经历了“第一次真正的恋爱”。

闲暇时光，歌德时常与友人去一家叫申科普夫的小酒馆谈天说地，温柔美丽的酒馆老板女儿凯特琳娜就这样走进了歌德的视线。虽然年长歌德两岁的凯特琳娜与歌德地位悬殊，也不像歌德那样接受过全面、良好的教育，但是善解人意的她带给了歌德前所未有的满足与幸福，歌德亲昵地称她为“小凯特”，而凯特琳娜也不时参与到歌德与友人们的戏剧排演之中，偶尔还与歌德一起演奏音乐。歌德在这段时期创作了大量情诗，这些诗歌后来发表在诗集《安妮特》当中。这段甜蜜的恋情在经过了两年的欢愉时光之后最终走向了破裂，戏剧《恋人的脾气》就是歌德根据这段经历创作而成的。

放浪形骸的生活，再加上恋情结束的苦涩摧残了歌德健康的身体。1768 年，感染了肺病的歌德发生了严重的咯血，这让他不得不赶紧返回法兰克福。

不知情的家人对歌德的归来感到既高兴又愤怒。母亲与妹妹悉心照料着病中的歌德，而父亲则对歌德没有取得学位就溜回家中大为失望。歌德在养病期间开始研究起神秘主义学说以及炼金术，这或许影响了歌德后期对《浮士德》的创作。此外，歌德还以自己在莱比锡的经历为蓝本完成了剧作《同罪者》，表达了自己对那些自以为是的伪君子们的嘲笑。

1770 年春天，身体好转的歌德在父亲的敦促下启程去斯特拉斯堡继续自己的法律学业。当时尚属于德国领土的斯特拉斯堡位于德法交界处，这里怡人的自然风光、自由的启蒙思想让歌德再次感受到无限活力。与在莱比锡求学一样，歌德在安排好例行的法律学习之后就尽情地投入对文学、历史、哲学等领域的研究中去了。他在斯特拉斯堡结识了因眼疾逗留在此的哲学家、文艺理论家哥特弗雷德·赫尔德（Gottfried Herder），这场相识被歌德称作“斯特拉斯堡时期最重要的事件”。只比歌德年长五岁的赫尔德像真正的导师那样引导歌德阅读了荷马史诗、莎士比亚戏剧等一系列古典主义作品，而歌德的文风也渐渐摆脱了莱比锡时期的洛可可风格，变得更加自然、现实。虽然赫尔德时常会不留情面地批评歌德，这让两人的关系最终由亲密变得疏远，但歌德还是从与赫尔德的交往中获益匪浅，他的视野变得更加开阔、思想更加活跃。在一次与友人的远足中，歌德在塞森海姆邂逅了牧师的女儿弗里德里克·布里昂（Friederike Brion）。歌德对她一见钟情，这位单纯美丽的农村姑娘没有因为自己的身份而感到自卑，欣然接受了歌德的示好。从此，歌德经常前往塞森海姆探访布里昂，再次品尝到甜蜜恋爱的歌德写下了一组抒情诗《塞森海姆之歌》，其中包括脍炙人口的《五月歌》《野玫瑰》。1771 年夏天，歌德提交了自己的法学博士论文，因为选题涉及立法者与宗教之间的敏感关系，论文未能公开发表，并且博士学位的获得也是历经艰难。好在最终歌德还是完成了父亲的心愿，成了一名法学博士。不过，歌德与布里昂的恋情在此时已经难以继续下去，他们在教养与习俗方面实在是存在太多差异。学成回家的歌德最终从法兰克福给布里昂寄去了一封分手信，心碎的布里昂则是终身未嫁。

再次归来的歌德可谓衣锦还乡，心满意足的父亲开始为歌德的仕途谋划。歌德在法兰克福谋得了一个陪审团律师的职位，中途还应父亲的要求前往韦茨拉尔高等法院进行过实习。然而歌德实在是对律师这一职业提不起兴趣，几年间只经办了寥寥几件诉讼案，但是歌德的文学主张却在这段时间迅速成熟起来。18 世纪的德国与其他几个欧洲大国相比还处在分崩离析的割据状态，德国的资产阶级还没有力量领导一场推翻封建旧势力的革命，腐朽的制度仍在压迫着农民、手工业者以及新兴的资产阶级。为了开展思想启蒙，通过文学批判现实、追求自由，资产阶级知识分子开展了一场轰轰烈烈的“狂飙突进”文学运动，歌德正是这场运动中的一名旗手，他的戏剧《葛兹 · 冯 · 贝利欣根》以及小说《少年维特之烦恼》就创作于这一时期。

葛兹是德国 16 世纪农民战争时期的一位历史人物，在战场上失去了右手的他后来安装了一只铁手，所以他又被称为“铁手骑士”。葛兹英勇善战，曾征战过法国和土耳其。歌德依据葛兹的自传创作出了剧本，把他塑造成了一名反抗暴虐、追求自由的革命英雄。

而《少年维特之烦恼》的创作背景则要追溯到歌德在韦茨拉尔高等法院实习时的一段感情纠葛。在一次舞会上，歌德对年方十九岁的夏绿蒂一见钟情，优雅动人的她深深地吸引着歌德。歌德在此后时常造访夏绿蒂家并与夏绿蒂一家都相处得很好。然而夏绿蒂却是歌德友人科斯特纳的未婚妻，恪守道德准则的夏绿蒂无法对歌德的仰慕做出任何回应。如果她认识歌德时尚未订婚，想必她会十分愿意投入歌德的怀抱。挣扎在友情与爱情之间的歌德太过痛苦，他在给夏绿蒂和科斯特纳各留下一封书信后逃离了韦茨拉尔。然而回到法兰克福的歌德还是无法割舍对夏绿蒂的依恋，他先后给夏绿蒂寄去了多封信件，诉说自己的相思。直到夏绿蒂与科斯特纳在汉诺威完婚之后，歌德才算是彻底接受了现实。同时，歌德的另一位友人耶路撒冷也遇到了同样的烦恼，爱上了朋友之妻的耶路撒冷无处安放自己的情感，再加上工作上的不顺心，促使他最终选择了自杀。在夏绿蒂结婚与友人自杀的双重刺激之下，歌德在很短的时间之内就完成了《少年维特之烦恼》。这部书信体小说一经发表就引发了一波“维特热”，并且为歌德在全欧洲范围内赢得了声誉。许多青年在阅读了小说之后都纷纷效仿维特，用手枪结束了自己的生命。而歌德本人则在小说完成之后得到了救赎，感到再次愉悦与自由起来。

在法兰克福的这几年，歌德虽然没有取得法律事业上的成功，但在文学创作上却十分高产，先后完成了多部诗歌、短剧和戏剧，对《浮士德》的构思也开始于这一时期。

1775 年，歌德与银行家遗孀的女儿安娜·薛涅曼（Anna Schönemann）订婚，歌德为安娜取了“丽莉”这个爱称。从歌德的自传来看，歌德应当是深爱着丽莉的，但是婚前的焦虑让歌德感到不适，在没有告知丽莉家人的情况下，歌德应友人邀请进行了一次瑞士之旅。离开故土的歌德发现自己原来已经离不开丽莉，当他结束旅行想要完成婚约时，丽莉的母亲早已对他的不辞而别大为光火，再加上双方父母在宗教信仰以及社会地位上的冲突，这场短暂的婚约无疾而终。再次品尝到爱情苦涩的歌德此时迫切地想要离开法兰克福，恰好此时与歌德有过一面之缘的魏玛公爵发来邀请，歌德便欣然前往。

经历了一番波折之后，歌德于1775年11月到达了艾森纳赫公国的首府——魏玛。艾森纳赫公国首府魏玛的人口远远少于法兰克福，这里留给歌德的第一印象并不美好。向歌德发出邀请的魏玛公爵此时已经继承了执政权，成了卡尔亲王。与管理国家相比，卡尔亲王更加热爱文艺活动，为此他邀请了一批像歌德这样的青年诗人来魏玛。年仅十八岁的卡尔亲王与诗歌天才歌德很快建立起超越君臣关系的友谊，亲王力排众议，让歌德担任自己的私人顾问以及枢密院参事。借此契机，歌德开始了自己在魏玛长达十年的政治生涯。

起初，歌德对自己的新角色怀有极大的激情。有了卡尔亲王毫无保留的支持，他先后在民生、外交、林业、矿业、水利、交通、财税等领域发挥过自己的才干，工作范围几乎涵盖了全部的国家事务，歌德雄心勃勃地想要在这片政治舞台上实践自己关于社会改革的理想。虽然遭受过不少非议，歌德的热情与投入仍旧得到了卡尔亲王的认同与赞赏。1779年，卡尔亲王任命时年30岁的歌德为枢密院顾问；1782年，卡尔亲王又从皇帝约瑟夫二世那里为歌德谋取了贵族证书，这位法兰克福的普通市民从此成了一名高贵的贵族，这也是歌德名字当中“冯”的由来。在德语国家，姓名当中的“冯”字表明名字的主人是贵族出身。不久，刚刚跻身贵族的歌德又被卡尔亲王任命为财政大臣。然而，在仕途上可谓顺风顺水的歌德却有着自己的烦恼。一方面，宫廷内的保守派以及世袭贵族对亲王与歌德的亲密关系感到非常不满，人们对歌德实施的措施褒贬不一。同时，宫廷红人歌德也渐渐不被自己曾经的友人们理解，比如决心一生不对统治阶级妥协的西格弗里德·伦茨（Siegfried Lenz）。另一方面，即使擅长游走在宫廷人物与自我理想之间的歌德也不得不承认，自己改善行政管理的措施或许在这里行得通，但是像减免农民赋税这样触及封建贵族利益的事情无论如何也无法付诸现实。曾经意气风发的歌德开始备感失落，自我怀疑。

在繁忙的政务工作间隙，歌德得空就会投入大自然的怀抱，以抚慰疲惫的身心。1777 年，歌德曾独身一人骑马去哈尔茨山；1779 年，歌德陪同卡尔亲王前往瑞士。在此次旅途中，歌德参加了一所学校的颁奖礼，获奖者当中就有后来成为歌德一生挚友的青年席勒。

歌德生活中的另一抹亮色来自施泰因夫人。这位年长歌德七岁、已经是七个孩子的母亲的忧郁女性是土生土长的魏玛人，她与施泰因男爵的包办婚姻并不幸福。虽然貌不出众，但是施泰因夫人精通音乐，擅长文学，有着良好的艺术审美，因此很快便与歌德成了知己。在政务繁重的十年间，歌德在文学方面不算高产，施泰因夫人可以说是他大部分创作的灵感源泉，他为施泰因夫人献上了多首抒情诗，剧本《伊菲戈涅亚在陶里斯》也是以施泰因夫人为原型。不过，家教严格的施泰因夫人没有允许这段感情沾染上任何伤风败俗之举，两人只是维持着频繁的书信往来。

十年的政务工作消耗了歌德太多的心力，而且出于种种原因歌德没能取得令人称道的成就，被压抑太久的歌德终于在 1786 年不辞而别，开启一场旅行。这场旅行被歌德戏称为“潜逃”“流亡”。歌德隐匿了自己的真实身份，化身为“德国画家菲利普·穆勒”，

蒂施拜因的名画《歌德在意大利》

先后到访了维也纳、威尼斯、佛罗伦萨、罗马、那不勒斯和西西里。他此行的主要目的是感受与了解这个浪漫国度的古典艺术。在罗马，歌德寄宿在著名德国画家威廉·蒂施拜因（Wilhelm Tischbein）家中，他还向后者学习了一段时间的绘画。歌德在罗马结识了一批青年艺术家，他自己也在这段时间完成了大量绘画练习。在阳光明媚的欧洲南部，歌德再次感受到生命的活力，他重拾起在魏玛开始但没有完成的《埃格蒙特》《托夸多·塔索》以及《浮士德》的创作，歌德在给友人的书信中谈到意大利之行对于他来说就像是"重生"，是"新的青春"。1788 年，歌德带着近一千幅自己的画作回到了魏玛。

再次回到卡尔亲王身边的歌德坚决辞去了自己的大部分宫廷职务，只保留了枢密院参事和伊尔梅瑙矿山监督的身份，以保证自己能有足够的时间和精力投入文学创作以及科学研究当中。同时，卡尔亲王任命歌德为魏玛艺术科学方面的总监，歌德的天赋终于得到了最大程度的施展。当上艺术科学总监不久，歌德又接任了魏玛美术院和耶拿大学总监的工作。在魏玛剧院的建设与管理方面，卡尔亲王给予了歌德高度的宽容与支持。歌德将剧院的工作重点放在寻找优质剧本、提供精彩演出上，努力用高超的文艺水平吸引观众。同时歌德打破惯例，命剧院在周末正常上演剧目，丰富了市民们的休闲生活。歌德还经常组织演员们排练新剧本，带给观众们更好的观剧体验。在歌德的指导与努力之下，魏玛剧院迅速成为德国颇负盛名的一流剧院。

与此同时，耶拿大学总监的职务让歌德能够接触学校里各领域的科学人才，激发了歌德对自然科学领域的探究热情。歌德曾对友人坦诚“我的精神让我比以往任何时候都更愿意投身于自然科学之中”。在这段时期，歌德先后涉猎植物学、动物学、光学、矿物学、人体骨骼学以及色彩学等多个领域，发表了《植物形态学》《动物变形记》《色彩学》等学术著作，而他最著名的成果应当是独立发现了人体颌间骨的存在。受限于当时的仪器条件，歌德的研究著作未必是科学真理的体现，但从中却能窥得歌德对于自然科学孜孜不倦的探索。

1794年，歌德在耶拿的自然科学会议上再次见到了曾经有过一面之缘的席勒，在此前，性格和社会观念大相径庭的两人关系十分平淡。歌德认为已经发表了优质剧本《强盗》《阴谋与爱情》的席勒不过是个小有才干的年轻人，而席勒则将歌德看作“极端的利己主义者”。即便如此，两人在会议之后发现彼此在文学、艺术、自然科学等领域有着惊人一致的观点，他们都崇尚自由，追求真理，因此迅速建立起深厚的友谊。席勒为帮助歌德建设魏玛剧院，辞去了耶拿大学历史教授的职位，迁居魏玛。在席勒的鼓励下，歌德又重拾起因醉心自然科学研究而荒废的创作之笔，完成了长篇小说《威廉·迈斯特的学习时代》、叙事长诗《赫尔曼与窦绿苔》以及《浮士德》的上卷。相对的，席勒也在歌德的帮助下完成了戏剧《华伦斯坦》三部曲、《奥尔良的少女》《墨西纳的新娘》和《威廉·泰尔》。两人互相启迪，彼此成就，开启了德国文学史上的古典时期，成了世界文坛上的一段佳话，而魏玛也在两位大诗人的努力下成为德

魏玛国家剧院前歌德与席勒的塑像

国乃至欧洲的文化中心，吸引了许多享有盛名的作家、学者和艺术家，其中包括费希特、黑格尔、诺瓦利斯、洪堡兄弟。1805 年，比歌德年轻十岁的席勒因严重的肺病离开了人世，心碎的歌德哀痛地表示自己“失去了生命的一半”。

而在现实生活中，歌德另一半的角色一直是由克里斯蒂安娜·乌尔皮乌斯（Christiane Vulpius）承担的。比歌德年轻十六岁的克里斯蒂安娜只是一名女工，与歌德地位相差悬殊。1788 年，她在帮哥哥递求职信的时候遇见歌德，歌德被这位平民姑娘吸引，两人很快同居了。十几年的同居生活为歌德带来了五个孩子，但只有大儿子奥古斯特存活了下来。考虑到两人的身份相差太多以及当时的社会习俗，歌德直到 1806 年才与默默照顾、陪伴他的克里斯蒂安娜举行了一场盛大的婚礼，两人正式结为夫妇。

1789 年法国大革命爆发，歌德随卡尔亲王参加了支援路易十六的征战，后来又应亲王邀约观察围困美因茨的战役。1804 年拿破仑登基，他在 1806 年对德国发起了进攻并在占领魏玛之后召见歌德，但歌德称病没有赴约。1808 年，拿破仑再次在埃尔富特召见歌德，两人进行了约一个多小时的谈话。从歌德助理整理的谈话内容来看，拿破仑应当对歌德的文学才能十分青睐，他事后还授予了歌德法国荣誉军团勋章。

从 1801 年开始，歌德因为病痛陆陆续续地辞去了各种官职，在恢复健康之后，他便把全部精力用于文学创作和自然科学研究。1811 年，歌德开始着手自传《诗与真》的写作，到 1813 年已经完成

歌德

了前三卷。1814 年，歌德在旅途中爱上了友人维勒梅尔的养女玛丽安妮 · 荣（Marianne Jung），但是这位迷人的女性很快成了自己养父的妻子，歌德只好作罢，并将自己对玛丽安妮的思念写进了《西东诗集》。事实上，晚年的歌德不断地陷入对不同女性的爱恋之中。在玛丽安妮之前，歌德就曾与少女贝蒂娜保持着频繁的通信，并且还暗恋过另一位友人的养女米娜，小说《亲和力》就是依据这段经历创作而成的。1816 年，失去了爱妻的歌德更感寂寞，年逾七十的他甚至还求娶过十九岁的少女乌尔丽克，当然这遭到了女方母亲的婉拒，遗憾的歌德将自己复杂的心境写进了《玛丽恩巴德悲歌》。

先后失去了妻子、儿子以及多位挚友的歌德在晚年主要由助手约翰 · 艾克曼（Johann Eckermann）陪伴。在这位年轻人的帮助下，歌德完成了自传《诗与真》的第四部、《威廉 · 迈斯特的漫游时代》以及巨著《浮士德》的下卷。艾克曼是一位尽职尽责的私人助手，他详细地记下了歌德对文学、艺术、政治、历史、自然科学等诸多方面的见解，并在歌德去世之后整理发表，这本《歌德谈话录》也为艾克曼在文学界赢得了一定的声誉。此外歌德在晚年还关注与研究了阿拉伯、印度、中国等东方文学与哲学，从中汲取创作的灵感。受 17 世纪欧洲中国热的影响，歌德先后阅读了不少中国书籍，例如《赵氏孤儿》《好逑传》《今古奇观》《诗经》等。从中体会到异域文化特殊美感的歌德创作了著名的组诗《中德四季晨昏杂咏》。除了对东方文学的鉴赏以外，从小就掌握了多门外语的歌德还广泛阅读了其他民族的文学，这让他对整个世界的文学状况都有一个大致的了解。在此基础上，胸怀博大的歌德提出了“世界文学”的概念。歌德认为，诗歌应当是“人类的共同财富”，他反对狭隘的文化沙文主义，认为不同民族的文学应当互相了解、互相借鉴，从而促进整个人类文明的发展。

1832 年 3 月 22 日，勤勉了一生的歌德在家中逝世，他在临终前留下了一句极富哲理与象征意义的话：“更多一些光吧！（Mehr Licht！）”

歌德思想的发展

笔者认为，一个人出生来到世界上其实也是一种“侨动过程”：对于个体生命而言，这个世界最初都是陌生的、异质的，而自我意识的形成、个体对于这个世界的认知以及知识体系从无到有的逐步建立，都离不开个体的学习。而在歌德思想的发展上，诗歌与绘画两种才能与创作之间的纠缠具有极为突出的意义。而这两种才能的产生则与意大利有着千丝万缕的联系。

歌德的意大利印象首先来自家庭教育，特别是他的父亲。在到达罗马后不久，歌德在1786年11月4日给母亲的信中这样写道：“我无法用言语向您表达我现在的愉悦心情，我生活的诸多梦想与愿望终于得以实现，我从童年起在铜版画上所看到的一切如今就在我的眼前，那是我从小就从父亲的口中耳熟能详的东西。”他的父亲卡斯帕尔·歌德（1710—1782）在1738年拿到法学博士后不久，决定去做一次大的毕业旅行，以此来结束自己的求学生涯。他首先来到了维也纳，之后经格拉茨与卢布尔雅纳来到意大利，先在威尼斯参观了大教堂，然后又去了罗马和那不勒斯，之后又回到罗马。除了观察当地的风土人情之外，他还深深地爱上了这里的音乐、绘画和建筑，并且带着极大的激情搜集古代的碑铭。在罗马逗留了近半年之后，他又途经佛罗伦萨、威尼斯、米兰、热那亚去了法国。但是巴黎并没有给他留下太深刻的印象，因为“一从意大利出来，便是曾经沧海，再没有什么可以赏心怡情的了”。可以说，意大利从此成为歌德父亲的挚爱，而这种情感直接深刻地影响到了歌德，他在自传《诗与真》中回忆说：

“在房子里头，父亲用来装点前厅的一排罗马铜版风景画最经常地映入我的眼帘。这些画的刺镂出自比拉纳西的几个前辈之手。他们对于建筑术和透视画法很内行，他们的刀法是很准确和可珍惜的。在这儿，我们天天都看见罗马人民广场、圆形剧场、圣彼得广场、圣彼得教堂的内外景、圣安格罗堡以及许多其他景物。这些建筑给予我深刻的印象，而平时很少言笑的父亲有时也很高兴地向我们描述这些景物。他对于意大利语言和一切与意大利有关的东西的酷爱，是很明显的。他也时常把从意大利带回来的一个大理石和动植物的小小收藏，拿出来给我们看。他把大部分时间花在他用意大利文写的游记上头……因此，我尚在未了解意大利歌谣《孤寂、幽暗的森林》的内容以前，已很快就会唱和背诵它了。”

家庭的熏陶使得意大利成为歌德心中的“圣地”，他的“诸多梦想与愿望”都与之有关，他的意大利之旅的几个关键词其实都已经包含在上述的引文中了：“风景画”“建筑”“大理石与动植物”“游记”。他从童年起就对意大利抱有极强烈的憧憬：“关于我未来青年旅游的这种神话，我很喜欢听父亲向我复述，特别是因为结尾总讲到意大利，最后继之以对那不勒斯的描摹。他讲起来，平时的严肃和枯燥无味的生活作风似乎都为之消解，而平添了活气，因此在我们孩子的心中便产生一种热烈的企求，要在这个人间乐园中也占一席地。”

他从小被父亲培养学习拉丁文、希腊文、希伯来文和意大利文等，对于古典文化有着极为浓厚的兴趣，他曾一度有抛弃学习法律的想法，“只专攻语言学、古典学（Altertümer）、历史和一切渊源于它们的学问”，而他之所以有这样的想法，乃是为了自己的诗歌作品：“诗的描写，无论哪一个时候都给我极大的乐趣……我想对上述几门学问做根本的研究，因为我认为，对古典学有充分的理解，可使我自己的作品有迅速的进步。”

但是在歌德内心世界里，他所喜爱的艺术并不仅仅只是诗歌，他的“一个潜在愿望就是成为一位画家”。这个画家情结或“画家梦”同样来自父亲的熏陶和周围环境的耳濡目染：歌德父亲非常喜欢藏画，“许多年来，他……请求法兰克福市所有艺术家为他绘画”，歌德“对于艺术的癖好因为画幅收拾整齐，地方的雅致和特别，因为与一个熟练的艺人的结识而活跃起来”。这里尤其需要注意的是与“艺人的结识”，歌德童年接触的艺术家圈子里几乎没有诗人，主要都是画家，他“从幼时起就认识这些画家，常去参观他们的画室”，从九岁起他还开始追随铜版画家埃本（Johann Michael Eben）学习绘画，特别是1759年法军占领法兰克福之后，寓居在歌德家的法国多伦伯爵请来了全城所有的画家在顶楼为其作画，歌德有了更多的机会接触这些艺术家，“从小时候起我已与画家们厮混，而且像他们那样惯于从艺术的观点来观察事物”。歌德就这样逐渐培养起了自己对于绘画乃至建筑的兴趣和爱好。同时这一爱好又与他对意大利的憧憬相结合，使得他对古罗马以及意大利的绘画与建筑均产生了浓厚的兴趣，“对东南部（指意大利）的艺术家常怀渴慕、敬重和期待之忱”，这种情感进而逐渐演变成一颗“埋藏心底的古典文化种子”。

在这里，我们要注意诗歌与绘画对于少年时期的歌德所具有的不同功用：诗歌固然是其才华的体现，但纵观《诗与真》这部自传，笔者发现，歌德关于自己这一时期诗歌的叙述更多是集中于社会生活与人际交往方面：“我们的小旅行团、游乐会和由此发生的种种偶然事故，我们都作诗来点缀。”而当他幽居独处、玩味寂寞之时，“现在，我既然放任自己，又沉湎于孤寂的境界，这种才能（指绘画——笔者注）便表现出来”；“绘画是留给自己的唯一表现自我的方法……我习惯于在画上不仅看见所画的东西，而且还看见自己当时的思想感情”。绘画成了专属于他的私密领域，尤其当他的初恋失败之后，有着让其内心恢复平静与和谐的功效：“凡是引起我的注意和欢悦的，我都想抓着它，于是我便以极不熟练的方法来描绘自然。”可以说，绘画之中也包含了歌德强烈的自我认同。所以哪怕日后他因为《少年维特之烦恼》一书成了誉满欧洲的作家，他在 1777 年去哈尔茨山旅行时，仍然化名“画家韦伯”，而当他 1786 年从魏玛宫廷突然出走前往意大利时，选择的身份依然是“画家菲利普·穆勒”。

对于法兰克福时期的歌德而言，诗与画似乎构成了其知识与精神世界的两极，诗“可以群”，象征着与外部世界的联系以及外界对于自己的认同；而画则“可以兴”，意味着内心世界的和谐与自我认同。所以当他写诗时，他特别关注人与人的情感，贴近人生；而当他作画时，画的却无一例外都是无人的风景画，靠近自然。两者的平衡共同构建起歌德的精神世界，直到歌德“侨居”到莱比锡大学，这一平衡才被打破。

德国人的大学学习具有极强的流动性，一般的学生都会在两所以上的大学先后学习，它使得个体有更多的机会接触不同的地域与知识，从而使得个体的教育（Bildung）更为完善。从侨易学[①]的角度来看，我们可以将德国人的大学学习看作是一种“移交”和“仿交”。在《“侨易二元”的整体建构——以“侨”字多义为中心》中，叶隽提出了“侨易十六义”。其中所谓的“移交”，是指不同文化体之间的接触和相交，个体或主体因移动而产生变化，由移动而导致异质文化的相交关系。而“仿交”则是“一方学习另一方为主轴的交易过程”。而在“移交”与“仿交”的过程中，个体原有的知识结构与精神世界将会受到刺激与冲击而形成相应的反应机制。

1765—1768这三年，歌德来到父亲曾经就读的莱比锡大学学习法律，这一决定并非自愿，而是由于父亲的强硬，但歌德仍然试图

① 侨易学是研究侨易主体相交后产生变异的过程，实际上是产生于“文化交流史实证研究的理论需要”。

阳奉阴违，佯装去莱比锡学习法律，暗地则想设计另外一套艺术学习计划，结果在反对文艺的博麦教授（Johann Gottlob Böhme）的反对下才打消了这个念头。自律的歌德虽然压抑住了自己的渴望，但他依然坚持经常去听格勒特教授讲授的文学史与文学习作课。同时，他对绘画的兴趣也依然不减，跟随莱比锡艺术学院院长奥赛尔（Adam Friedrich Oeser）以及铜版画家斯托克（Johann Michael Stock）继续学习绘画及相关技艺，而且在奥赛尔的介绍下，认真研读起以古希腊罗马为艺术典范的温克尔曼的著作。在 1770 年 2 月 20 日的信中，他将奥赛尔称为他“真正的老师”，“他教导我：美的理想是单纯与静穆”。

但由于在两个领域里的天赋才能本身就存在差异，所以在莱比锡阶段，歌德两方面的才能发展并不均衡。尤其重要的是，他从相对旧式的城市法兰克福来到当时号称“小巴黎”的莱比锡，环境与身份的变化迫使他需要更好地适应外界环境，所以更为关注外部世界的诗歌才能得到强化。此外，还有两件事情使得歌德的兴趣重心渐渐向诗歌转移：一是他敬爱的博麦教授太太对歌德匿名朗读的自己的作品有很多非难，使得他对自己的诗歌创作产生了怀疑，他迫切地需要找寻一个艺术批评的标准，但苦寻不到，竟然陷入绝望的境地，将自己当时所有的手稿付之一炬 。二是，很幸运的，他这时遇到了诗人施洛塞尔（Johann Georg Schlosser），并通过他与一个爱好诗歌的小圈子相识，尤其是宫廷顾问法伊尔（Johann Gottlob Benjamin Pfeil）给了歌德很多指导，“使我对一些事物做出正确的判断”。于是在这一阶段，歌德的内心形成了一个方向，“我一辈子不能背离的方向，这即是说，把那些使我欢喜或懊恼或其他使我心动的事物转化为形象，转化为诗歌，从而清算自己的过去，纠正我对于外界事物的观念，同时我的内心又因之得到宁帖。”按照歌德传记作者波伊尔（Nicholas Boyle）的说法，歌德时值青春期，各种情感纠葛与人世纷扰影响了他的写作风格，所以这一时期的诗作风格“充满了肉欲”，并且“非常直接地描写一切个人意愿与感受的来源”。而相形之下，绘画虽然作为歌德个人的兴趣爱好继续存在，但只有等到他因为生理和心理的太多压力而因病退学返回法兰克福之后，重新回到家的怀抱，同时从纷扰的外界重新回归寂寞独处之后，他才重拾绘画旧业。“在寂寞中，我有那么多的事情做。我从少年时代起养成的种种嗜好，现在像幽灵似的又获得机会重新冒头了，所以更是无事忙，绘画的旧业也重新理起来”，不过后来又因病放弃。

而当他重新回到外部世界，在斯特拉斯堡（1770—1771）继续法律学业时，诗歌的力量又再次抬头，尤其是当他与弗里德里克·布里昂相爱时，“在这种情况之中，我久已遗忘了的诗兴不觉油然复生。我按着著名的曲调为弗里德里克·布里昂作很多的短歌。它们已可集成一本绮丽的短歌集了”。同时，“最有意义的事件”发生了，那就是与赫尔德的相识。后者为他打开了他的眼界，为他介绍了荷马、莎士比亚和莪相的诗歌。搜集整理民歌、研究斯宾诺莎的泛神论哲学，为歌德走上文学创作道路给出了决定性的推动力。在斯特拉斯堡，他很快就找到了一个很有教养的朋友圈子，他闲暇时步行或骑马穿过阿尔萨斯地区的山山水水，惊讶于斯特拉斯堡大教堂的美丽。那是诗人的一段幸福时光。“大自然与建筑审美上的经历，友谊与爱情，这一切都让歌德在斯特拉斯堡变成了一个诗人，他挣脱了惯常与传统的一切束缚，打破了诗学的规则，完全自由且自然地表达自己的情感与感受。他的《五月歌》中很多用词如 Morgenglanz、Nebelkleid 等等都来自诗人的独特创造，而字典里是绝对查不到的。”

这时的歌德达到了这样一种认识：

“无论在什么情景下，自然和艺术只有通过生活然后互相接触。所以，我按照自己的夙愿去探索内部和外部的自然天性，热心地描述它，任其支配，是我一切的考虑和努力的结果……我决心一方面任凭我的内部自然的特性自由无碍地发挥出来，其他方面听任外界的自然的特质给予我影响……在内心方面，我想摆脱一切陌生的倾向和思想，对外则以爱的态度来观察一切，自人类以降所有可以理解的生灵，任其用独特的方式对我施加影响。由此便发生与自然界的各个对象的不可思议的亲密关系，与自然全体形成默契和共鸣，因此外界每发生一种变动，无论是住所的迁换也好，时日季节的流转也好，或任何其他的推移也好，都触动到我心的最深处。画家的眼更添上诗人的眼，美丽的乡村风景，又有宜人的小河点缀其间，加深我的独处之癖，以及使我更得以冷静地从各方面玩味和考察我周围的事物。”

从上面这段引文我们就可以看出，当时的歌德正处于艺术事业的探索期，通过生活让艺术与自然相结合，与自然界形成和谐与互动已经是他的理想目标了，而他此时的自我定位仍然是孤独自处的“画家”多一点，“画家的眼”排在“诗人的眼”之前，“从美术中认识自然，已成为我的一种热情”。但是，这种以绘画为先导的理想艺术观却遭遇到了青春期的躁动与空虚，尤其是他从斯特拉斯堡毕业以后，于1772年在韦茨拉尔高等法院开始实习之后，生理和心理上的青春特点占据了上风：他对外界的变动不再感兴趣，“对于这些可爱美丽的现象无动于衷，最大的不幸、最难治的心病便发生了，这时我们已把人生当作是可厌恶的重负”。而“引起这种哀愁的诸诱因之中，恋爱的热火再燃最有强烈的作用”。同时，青年人还会感觉到社会上的各种不公，“道德的随时变迁”，还有自身的弱点，“自己的过失不断再现”，所以“青年时代沸腾的血，因为个别事物而容易麻木的想象力，以及人事的倥偬变幻”，都使得歌德“亟欲挣扎、摆脱这样的困境”，再加上他所阅读的英国诗歌的影响，“英国诗歌的优美之处还伴有一种沉重的悲哀，凡是耽于阅读的人便受其熏染”。正是在这种情况下，歌德才写出了《少年维特之烦恼》。按照歌德晚年的说法，他“是用自己的心血把那部作品哺育出来的。其中有大量的出自我自己心胸中的东西、大量的情感和思想”。而小说中所提到的“我本想压根儿不提此事，免得告诉你说，近来我很少画画”，以及“莪相已从我心中把荷马排挤出去”，都是那段时间歌德内心生活的写照，以绘画为导向的艺术观被淡化，“朴素、宁静、明朗”的古希腊诗人荷马逐渐被“阴郁、朦胧、伤感”的英国诗人莪相所替代，歌德走上了“狂飙突进”的道路。

然而，歌德的内心最深处其实对于这部小说并不认同：“它简直是一堆火箭弹！一看到它，我心里就感到不自在，生怕重新感受到当初产生这部作品时那种病态心情。”因为这部作品背离了他的理想，那就是“和谐与美”。而在他看来，文学与绘画不同，是可以描写“不美”的东西的，这一认识要归功于莱辛的《拉奥孔》。“这部著作把我们从贫乏直观的世界摄引到思想开阔的原野。……造型艺术家要保持在美的境界之内，而语言艺术家总不能缺少任何一种含义，但可以逸出美的范围以外。前者为外部的感觉而工作，而这种感觉只有靠美来得到满足；后者诉诸想象力，而想象力还可以跟丑恶合得来。”他之所以选择创作这部作品，主要是为了发泄和解脱：“我借着这篇作品，比起其他任何的创作来，最能把我从暴风雨似的心境中拯救出来。我因为自己和他人的过错，偶然和故意选择的生活状态、决心与急躁、执拗和让步等种种的原因而陷入这种心境之中，……这篇东西写完了，我觉得像是在神父面前把一切忏悔了之后那样复归于愉快自由，该从头再过新的生活。……我这一方面因把事实化为诗而心境轻快明朗起来。”所以，维特死了，而歌德活了下来。但他仍然觉得离自己的理想目标有差距，所以“自从此书出版之后，我只重读过一遍，我以后不要再读它”。从这个意义上来说，歌德属于“狂飙突进”运动的时期其实很短。1773年创作剧本《铁手骑士》，1774年完成《少年维特之烦恼》，而1775年接受魏玛公爵之邀出任公职，就已经“意味着歌德脱离了‘狂飙突进’运动” 。所以，“狂飙突进”对于歌德而言，并不是蓄谋已久的举措，而更像是冒险船队在艺术海洋里探索时的临时偏离航向。

如前所述，从斯特拉斯堡开始，在歌德的心目中，最高的价值就已经是“和谐与美”了，而《少年维特之烦恼》所表达出来的对于僵化的贵族社会的抗议太过激烈，所以他才会认为写《少年维特之烦恼》时是“病态心理”。而他所追求的乃是市民的“和平崛起”，这一思想从他在《诗与真》中摘录的某贵族信件就可以发现端倪：“我是有志于伟大的事业，想着更高尚的事。我绝不是只想加官进爵，地位更加显赫，而是想不借先人余荫，独立从别处寻求阶梯，进身成为一个出类拔萃的贵族，……因此，我朝着这个目标而钻研学问和奋发努力，……每个人一定要依靠自身力量而成为贵族，这是他们的信条。如果在那美好的时代，已出现一种竞争对抗的活动的话，那就是自上而下的互相较量的努力。” 而在写出《少年维特之烦恼》的同一年，他又写出了取自古希腊神话的《普罗米修斯》，虽然很多评论都认为这部作品同样也反映了“狂飙突进”的反抗精神，但事实上，这部作品反映的却是歌德的“和平”的社会竞争观：“巨人普罗米修斯扰乱天庭的反抗精神对于我的诗的描写并没有供给什么素材。我觉得，适宜我的描写的，是巨人一方面承认比自己更高的威力的存在，但同时又想与之比肩，以平和的、忍耐的努力同他对抗一事。” 从这个观点出发，年轻的歌德接受魏玛公爵邀请去该公国任职是非常合乎逻辑的，他追求的就是在既定权力框架内的市民的“平和的、忍耐的”强大与发展，而不是暴力革命。

所以，类似《少年维特之烦恼》这样的作品乃是歌德创作上的非典型瞬间，那时的歌德心中一直有自己希望能够坚持下去的原则与信念，那就是对于“和谐与美”的追求，而这一追求首先就以绘画为代表。正是绘画给了他很多思想上的启发。在写完《少年维特之烦恼》不久，在游览科隆的时候，正是一幅画让他体验到了“最温柔最美的感受”：“我的人类禀赋与诗人才能那最深层的基底，为那无限的感动所敞开，藏在我心中一切善良与可爱的倾向都流露无遗。”可以说，德国古典文学的“人道主义观”已经先兆于此。而绘画给了“诗人才能”以最强烈的刺激，这也证明，歌德的艺术观是以绘画为先导的。在其后的一段时间，“我作诗和绘画的兴致同时勃发，不能自已”，但由于绘画才能的限制，他还是“向我可以较自由挥洒的诗文方面致力。……把艺术的自然和自然的艺术热烈地加以鼓吹”。

以绘画为先导的艺术观与他素来的意大利以及画家情结相结合，就让歌德对意大利抱有越来越浓烈的渴望。特别是当他凭借《少年维特之烦恼》一书成为德国乃至西欧最负盛名的作家和天才，他被牵扯进了更为宽广、更为复杂的外部世界之后，“我被迫尝到了门庭若市的滋味。……本来宁静、幽晦的境界是大有利于完美的创作的，但是我却被从这种境界中拉出来而置身于白昼的嘈杂之中，为他人而消失了自己。”于是他就更加向往在意大利过上纯粹的艺术家生活，“德国艺术家前往意大利，在那里发挥影响，繁衍艺术与家庭，这样的艺术家对我而言，一直都具有极高的价值。”但是，当时他的心情还是矛盾的："在我心目中，伦巴第和意大利像是完全陌生的地方，而德意志却是一个熟知、可爱、充满亲切之情，使人怀念的乡土。而且，在这里有多年包围着我、支持着我的生命的一切，如今已成为我不可缺少的氛围，超出这个范围一步，实是我受不了的事情。"

种种原因之下，歌德最后来到了魏玛，开始了他的仕途生涯。他带着理想化的"和平社会竞争观"去到那里，一去十年。十年中，最初的乐观自信逐渐掺杂了更多的痛苦、悲伤与怀疑，身兼多职所造成的精力牵扯，很多事情因为宫廷政治的掣肘而无法成功所造成的失望，让他越来越看到理想与现实的距离，他渴望把全部精力投入科学与艺术上，而与施泰因夫人之间越来越不太自然的关系也同样折磨着他。对他而言，这时的德意志已经不再像十年前那样"充满亲切之情"，他愈加渴望前往意大利。因此，他在魏玛八年之后所创作的《迷娘曲》中高呼："前往！前往！"最终在 1786 年 9 月 3 日，他在卡尔斯巴德疗养期间，突然不告而别，没有向任何人吐露他的目的地。那就是意大利。这次意大利之行既是一场逃亡，同时也意味着歌德果断的决心，抛开一切，去做自己的"教育旅行"，因为他认为"内心的宁静的获得有待于自己的重新学习"。

歌德抱着学习的态度来到意大利，他把此处看作是一个大学校，"在那儿培养、增长我的艺术的知识"。与他的艺术观与内心情结相吻合，他将绘画和建筑艺术看作是自己可以师法的对象。所以，他才会化名画家穆勒来到意大利，而在罗马他所交游的圈子全部都是侨居当地的德意志画家，他在他们的指导和帮助下绘制了 1000 多幅素描、水彩画、版画等，这是继斯特拉斯堡之后，歌德艺术生涯的另一段幸福时光。不过，如果说斯特拉斯堡的经历让歌德从此走上文学创作的道路的话，那么意大利之行却让歌德意识到自身的缺陷："当我四十岁在意大利时我才有足够的聪明，认识到自己没有造型艺术方面的才能，原先我在这方面的志向是错误的。" 他终于直面自己的兴趣爱好与才能之间的矛盾。此外，这也是因为他此时已经三十九岁，再从头学习绘画已经有些太迟了。所以，意大利之行的一个很重要的作用就是歌德的画家梦想终结了，他真正彻底地认同了自己诗人的身份。

但是，造型艺术也给他带来了"很大的益处"，"我获得了见识，所以我可以安心了"。在意大利，歌德将他的所见所闻与自己内心的想法印证，在广泛鉴赏各种艺术形式的基础上形成了自己成熟的艺术观。他主要受到温克尔曼的《古代艺术史》与帕拉迪奥的《建筑四书》的影响，他认为两者"在正确解释和教导方面很有用处"。"古罗马文化也开始使我高兴。历史、碑文、钱币，我以前对它们一无所知，现在目不暇接。正如我以前研究自然史一样，现在在这里也研究艺术史，因为世界的整个历史都和这个地方联系在一起。我说这是我第二个生日，从我踏入罗马的那天起，意味着真正的再生。"

早年埋藏在心底的那颗古典文化种子开始萌发，他也重新获得了极大的创作热情。在魏玛的十年，他的创作较少，主要是一些抒情诗，当然也有一些重要作品的构思，但是因为宫廷生活与恋爱纷扰的牵扯，他一直没有足够的时间与精力去静下来写作。而在意大利的一年九个月的时间里，他厚积薄发，先后创作完成了三部古典主义名剧《陶里斯的伊菲格尼》《托夸多·塔索》和《埃格蒙特》，以及大量的随笔、日记、书信等等。这些戏剧具有较为强烈的古典主义风格，所以很多评论者认为，意大利之行是歌德由“狂飙突进”向“古典主义”转变的标志性事件。而从笔者分析来看，此类说法有将歌德的文学创作片面割裂的嫌疑。事实上，歌德对于美与和谐的追求一直没有变过，而他在“狂飙突进”中的文学表现其实是一个青年诗人在艺术探索期所做的诸多的摸索与尝试而已。“与其说意大利之行标志着歌德思想转变的开端，毋宁说是对在此之前漫长转变过程的总结。” 也许此处引文中的“转变”二字改为“摸索”似乎更为妥帖。或者套用歌德在意大利之行后所撰写的一篇名文《对自然的单纯模仿、表现手法、风格》所给出的艺术的三个层次：他在法兰克福直到斯特拉斯堡的青少年阶段是“单纯模仿期”——“我在散文方面也好，诗的方面也好，本没有自成一家的文体，每有新的创作，视乎题材如何，必须重新着手尝试”；而到了写作《少年维特之烦恼》之后，则属于算是有了一定的明确清晰认知的“表现手法期”：“那时我的作品正朝向一个新时期发展——当我写《少年维特之烦恼》的时候，以及看见后来它引起的反响，必然会酿成这个倾向”；经过魏玛十年的积累、摸索与等待，加上意大利之行的豁然开朗，歌德终于开始进入他所谓的艺术最高阶段“风格期”：

“在歌德的创作欲望中融入了他在造型艺术方面的素质和爱好，他强烈追求从外在客体和形态出发去探究自然事物的内在本质、自然事物形成的法则。” 这三个阶段是“密切相关、彼此贯通的”，绝不应该割裂地对待。

PART 2

歌德经典作品赏析

笔耕不辍的歌德在一生中完成了多部文学经典，涉及诗歌、戏剧、小说等多种文本类型。歌德将自己对生活的感受和对社会的思考倾注其中，完成于不同人生阶段的作品反映了其思想转变与成熟的过程。

《少年维特之烦恼》：“狂飙突进”文学的标杆作品

《少年维特之烦恼》（德语：*Die Leiden des jungen Werther*）发表于 1774 年，是歌德继《葛兹 · 冯 · 伯利欣根》之后的第二部成名作，被公认为“狂飙突进”文学时期最重要的作品之一。《少年维特之烦恼》不仅在德国受到了前所未有的关注，并且在整个欧洲乃至全世界范围内引发了巨大反响，奠定了歌德作为蜚声全球的大文豪的地位，是德国文学走上世界舞台的开端。时至今日，这部长篇小说已经被多次译成多种语言，仅中文译本就多达两百余种。此外，小说的影视化和戏剧版本也层出不穷。可以说，说到德国文学就离不开歌德，而谈到歌德的创作就离不开《少年维特之烦恼》。

与取材于历史的《葛兹·冯·伯利欣根》不同，《少年维特之烦恼》的创作灵感来源于歌德本人及一位友人的亲身经历。1772 年，时年 23 岁的歌德按照父亲的意愿在韦茨拉尔的帝国最高法院实习。他在一次舞会上认识了一位名唤夏绿蒂·布甫的姑娘，对她一见倾心。然而不巧的是，夏绿蒂已经与歌德的朋友克里斯蒂安·科斯特纳订婚。夹在爱情与友情之间的歌德苦恼不已，不得已逃离了韦茨拉尔。两年后，歌德在旅途中结识了年轻的马克西米利安娜·冯·拉·洛施，并无可救药地爱上了她。可惜，马克西米利安娜的丈夫彼得·阿顿·布伦塔诺嫉妒心极强，禁止妻子与歌德往来，歌德再次品尝到了爱情的苦涩。不久，歌德从科斯特纳的信中得知，自己在莱比锡求学期间结识的好友卡尔·威廉·耶路撒冷在房中自杀身亡。原来，耶路撒冷同歌德一样，爱上了一位有夫之妇。同时，出身市民阶层的耶路撒冷虽然是公使馆参赞，但仍旧无法突破阶级的壁垒，进入上层贵族的圈子。因而，爱情、事业均不顺的耶路撒冷选择了自我了结。得知这个消息的歌德大为震动，将自己及友人的经历创作成了文学作品，仅仅花费六周时间便完成了《少年维特之烦恼》的撰写。

《少年维特之烦恼》创新地采用了书信体形式，整部小说的内容即为主人公维特在 1771 年 5 月 4 日至 1772 年 12 月 24 日期间写给友人威廉的信件。全书不见威廉的回信，通篇都是维特以第一人称进行的自述，好似个人独白，因此读者不仅能够感同身受地近距离观察事件的发展，而且可以直面维特的内心世界，体会他的心路历程。

刚刚经历了一段失败恋情的维特为了帮助母亲处理遗产事宜，来到了一个风景怡人的小村庄，这里田园般的生活令他流连忘返。在一次乡间舞会上，维特见到了年轻貌美、富有教养的法官女儿绿蒂，并立刻对她产生了好感。绿蒂对维特的第一印象同样十分不错。在绿蒂的朋友的提醒下，维特得知绿蒂已经与一位名叫阿尔伯特的青年订婚了。尽管如此，自认与绿蒂心意相通的维特还是忍不住频繁地与绿蒂见面。绿蒂的未婚夫出差回来后，三人之间保持着一种微妙的三角关系，老成持重的阿尔伯特甚至还与维特成了好朋友。维特对绿蒂的感情越来越浓烈，然而他既不能罔顾一切，夺走绿蒂，又无法舍弃对绿蒂的感情，与她一刀两断，进退两难的他只得不辞而别。

离开村庄的维特来到了一处公馆任职，以摆脱爱情带来的苦恼。但他很快发现，自己的理想和抱负与充满迂腐、倾轧的官场格格不入，在虚伪、冷漠的贵族阶层眼中，出身市民阶层的他永远只是一个局外人。某天，维特受邀来到一位伯爵的家中，但当地贵族无法容忍与他这样一个“普通”市民共处一室，伯爵迫不得已，只好礼貌地将维特请出家门。事后，乡绅们将这件事闹得满城风雨，人尽皆知，备感屈辱与失望的维特愤然辞职。

离职后的维特先是在一位侯爵的庄园逗留了一阵子。虽然侯爵待维特十分友善，但维特始终觉得侯爵无法理解自己的内心。离开侯爵的庄园后，维特经过一段时间的漫游还是回到了绿蒂居住的小山村。此时的绿蒂已经成了阿尔伯特的妻子，但维特还是忍不住与绿蒂频繁见面。两人的交往招致了不少闲话，备感压力的绿蒂请求维特等到圣诞节那天再来看望自己。然而在圣诞节的前一天，维特打破了与绿蒂的约定，在阿尔伯特不在家的时候来到了绿蒂身边。维特为绿蒂朗诵了莪相的诗歌，两人情难自禁。心潮澎湃的维特忍不住拥抱并亲吻了心爱的女子，一时不知所措的绿蒂逃进隔壁房间，把自己锁了起来。为了挽救绿蒂的婚姻和名誉，维特决定不再纠缠。他给绿蒂留下了一封遗书，然后在平安夜来临前的午夜，用从阿尔伯特那里借来的手枪结束了自己的生命。第二天早晨，人们发现了维特的遗体，在他的书桌中放着一本打开的莱辛悲剧《爱米丽雅·迦洛蒂》。由于自戕有违基督教教规，维特无法被安葬在公墓，而是依照本人遗愿被下葬在他生前选定的地方。

歌德创作《少年维特之烦恼》时，一场名为“狂飙突进”的文学运动正在德国轰轰烈烈地展开。18 世纪下半叶，德国社会的发展进入了一个新的历史时期。一方面，生产力的极大发展壮大了新兴的市民阶层，他们在经济方面占据了绝对优势，同时成为文化方面的主导力量。但另一方面，日渐崛起的市民阶层在政治方面却仍旧受到传统贵族的压迫。启蒙运动宣扬的自由、民主、平等、博爱沦为空想，无力改变市民阶层与传统贵族在现实中的矛盾对立。并且与法国不同，当时的德国处在四分五裂、邦国割据的分裂局面，缺乏借助革命手段解决这一矛盾的条件和可能性。因此，社会矛盾长期得不到解决，愈演愈烈。在这样的背景下，一群出身市民阶层的青年转而将文学当作武器，抒发积怨与不满，表达向往和理想，于是便有了“狂飙突进”文学运动。这群青年作家是深受启蒙思想熏陶的一代人，他们肯定理性的批判性与情感的神圣性，将个人的全面发展视作追求的目标，绝不愿向社会屈服。出身市民阶层的他们一方面受到传统贵族的压迫与排挤，另一方面又因个性自由与解放的主张受到社会的各种束缚。这些社会束缚既包括国家以维护公众利益为名而采取的各种措施，也包括为维护社会正常运转而宣扬的各类道德规范与习俗。在“狂飙突进”派作家的眼中，人的行为只需听从内心的情感，而不是周密计算后的结果。他们只愿听从心灵的呼唤，不愿被理智摆弄，这种打破一切束缚的反叛精神和要求绝对实现自我的激情被创作进文学作品当中。因此，“狂飙突进”文学运动的主要精神表现为强烈的民族情结、主张自由与自我实现、反对过分理性与提倡回归自然。

青年歌德是“狂飙突进”文学运动的主将和旗手，《少年维特之烦恼》更是这个时期的标杆作品，鲜明生动地反映了“狂飙突进”精神。

首先，爱情毋庸置疑是《少年维特之烦恼》探索的核心主题之一，毕竟维特对绿蒂无望的爱恋推动了整部小说的发展，并最终成为导致维特自杀的原因之一，难怪人们至今习惯把《少年维特之烦恼》视作一部爱情小说。不过，《少年维特之烦恼》并不是单纯地讲述了一件少年情事，浅薄地记录了坠入爱河的甜蜜与眩晕，以及求之不得的烦闷与失落。对比歌德晚年创作的《亲和力》可以发现，《少年维特之烦恼》对爱情的描述大胆直接、热烈奔放、直抒胸臆。同样是爱上了他人的伴侣，奥蒂莉极力克制着自己对爱德华的渴望，而维特则抑制不住对绿蒂的向往，情难自禁地频繁出现在绿蒂面前。这一点与青年歌德肯定情感的神圣性，拒绝过分理性的规劝，以及忠于内心、追求自我的诉求紧密相关。社会伦理和道德规范要求维特停止对绿蒂的爱慕，淳朴善良的维特也不愿做出伤害朋友阿尔伯特的行为，以牺牲绿蒂的声誉为代价争夺绿蒂。但是，条例与理智或许能够改变人们的行为，却无法改变人们的情感。在写给友人私密的书信中，维特对绿蒂真挚的倾慕彰显得淋漓尽致。

谈话间，我尽情地欣赏她那黑色的明眸；我整个的魂魄儿，都让她那活泼伶俐的小嘴与鲜艳爽朗的脸庞给摄走了！她的隽永的谈吐完全迷醉了我，对于她用些什么词我也就顾不上听了！——你该想象得出当时的情形，因为你了解我。简单讲，当马车平稳地停驻在聚会的别墅前，我走下车来已经像个梦游者似的，神魂颠倒，周围朦胧中的世界对我已不复存在，就连从上面灯火辉煌的大厅中迎面飘来的阵阵乐声，我也充耳不闻。

……

大伙儿成双成对地旋转着，跳起了法国牟涅舞；我依次和姑娘们跳，最讨厌的偏偏最不肯放你走。后来，绿蒂和她的舞友跳起了英国乡村舞；在轮到她来和我们交叉的一刹那，你想想我心里是如何美滋滋的哟。看她跳舞真叫大饱眼福！你瞧，她跳得多么专心，多么忘我，整个身体和谐之极。她无忧无虑地跳着，无拘无束地跳着，仿佛跳舞就是一切，除此她便无所思，无所感似的；此刻，其他任何事物都在她眼前消失了。

——节选自《歌德文集》，

杨武能译，人民文学出版社，1999 年

以上段落描写了维特初见绿蒂时的一见倾心，但与此同时，维特得知绿蒂已有一位未婚夫。不过，坠入情网的维特已经顾不得许多，他对绿蒂的情感越来越浓烈，只能在不僭越道德操守的情况下听从内心的声音。

威廉，你想想这世界要是没有爱情，它在我们心中还会有什么意义！这就如一盏没有亮光的走马灯！可是一旦放进亮光去，白壁上便会映出五彩缤纷的图像，尽管仅只是些稍纵即逝的影子；但只要我们能像孩子似的为这种奇妙的现象所迷醉，它也足以造就咱们的幸福啊。今天我不能去看绿蒂，有一个免不掉的聚会拖住了我。怎么办？我派了我的佣人去，仅仅为了在自己身边有一个今天接近过她的人。我急不可耐地等着佣人回来，一见到他就有说不出的高兴！要不是害臊，真恨不得捧住他的脑袋亲一亲！人们常讲电光石的故事，说它放在太阳地里便会吸收阳光，到了夜间仍旧亮华华的。这小伙子对于我也就如电光石。我感到，她的目光曾在他面颊上、上衣纽扣以及外套的绉领上停留过，这一切因此对我也变得十分神圣、十分珍贵了！此刻，就是给一千银塔勒，我都不肯把这小伙子让给谁的。有他在跟前，我心里舒畅。——上帝保佑，你可别笑我啊。威廉，难道令我心中舒畅的东西，还会是幻影么？

——节选自《歌德文集》，

杨武能译，人民文学出版社，1999 年

在这封信中，维特毫不掩饰地向朋友坦承了自己对绿蒂的喜爱和依恋不舍。维特因此感受到了爱情的魅力与迷人之处，盛赞爱情是人生幸福的源泉。由于无法亲自与绿蒂见面，维特特意派仆人前去探望，因为他希望自己的每一天都与绿蒂有所关联。想到绿蒂的目光曾停留在仆人的身上，维特对仆人也珍视了起来。文中电光石的比喻在外人眼中或许显得幼稚可笑，但却道出了爱情中男男女女甜蜜的小心思，能够引起广泛的共鸣。或许每一位读者在看到这段文字时都会回忆起自己初恋时那些不足为外人道的小故事吧。

就算是即将离开人世，维特最难以放下的仍旧是绿蒂：

> 绿蒂啊，只要能为你死，为你献身，我就是幸福的！我愿勇敢地死，高高兴兴地死，只要我的死能给你的生活重新带来宁静，带来快乐。可是，唉，人世间只有很少高尚的人肯为自己的亲眷抛洒热血，以自己的死在他们的友朋中鼓动起新的、百倍的生之勇气。
>
> ——节选自《歌德文集》，
>
> 杨武能译，人民文学出版社，1999 年

然而，《少年维特之烦恼》不纯粹是一部爱情小说，更是一部表现个人意志与客观现实之间矛盾的社会小说，维特的爱情悲剧背后更深藏着制度因素与反叛斗争。在小说的第二部分，维特离开了相对封闭的宁静小村庄，来到了公馆任职。在社会这个大舞台上，维特希冀实现自我的价值。

> 公使给了我许多烦恼，这是我预料到的。像他似的吹毛求疵的傻瓜，世上找不出第二个。一板一眼，啰里啰嗦，活像个老太婆；他这人从来没有满意自己的时候，因此谁也甭想多会儿能称他的心。我喜欢的可是干事爽快麻利，是怎样

就怎样；他呢，却有本事把文稿退还给我，说什么“文章嘛写得倒挺好，不过您不妨再看看，每看一遍总可以找到一个更漂亮的句子、一个更适合的小品词”。

……

最令我恼火的是市民阶层的可悲处境。尽管我和任何人一样，也清楚了解等级差别是必要的，它甚至还给我本人带来了不少好处，可是，它却偏偏又妨碍我，使我不能享受这世界上仅存的一点点欢乐，一星星幸福。最近，我在散步时认识了封·B小姐；她是一位在眼前的迂腐环境中仍不失自然天性的可爱姑娘。我和她谈得十分投机，临别便请她允许我上她家去看她。她大大方方地答应了，使我更加急不可耐地等着约定的时间到来。她并非本地人，住的是一位姑母家里。老太太的长相我一见就不喜欢，但仍然对她十分敬重，多数时间都在和她周旋。可是不到半小时，我便摸清了她的底儿，而事后封·B小姐也向我承认了。原来亲爱的姑妈老来事事不如意，既无一笔符合身份的产业，也无智慧和可依靠的人，有的只是一串祖先的名字和可资凭借的贵族地位，而她唯一的消遣，就是从她的楼上俯视脚下的市民的脑袋。

……

真不知这是些什么人，整个的心思都系挂在那种种繁文缛节上，成年累月盘算和希冀的只是怎样才能在宴席上把自己的座位往上挪一把椅子。并非他们除此别无事可做；相反，事情多得成堆，恰恰是为忙那些无聊的琐事去了，才顾不上干重要的事。上星期，在乘雪橇出游时便发生了争吵，结果大为扫兴。

这班傻瓜哟，他们看不出位置先后本身毫无意义；看不出坐第一把交椅的，很少是第一号角色；古往今来，不知有多少君王受自己宰相的支配，有多少宰相又为他秘书所驾驭！在这种情况下，谁是第一号人物呢？我认为是那个眼光超过常人，有足够的魄力和心计把别人的力量与热情全动员起来实现自己的计划的人。

——节选自《歌德文集》，

杨武能译，人民文学出版社，1999 年

刚工作没多久，维特就发现自以为高人一等的贵族其实只是一群腐朽败落、追名逐利的傻瓜，整日沉溺于宴会座次这样一些无关紧要的细枝末节，根本无心也无力去做真正的实事。维特深感自己无法在这样风气鄙陋、尔虞我诈的环境中实现自己的理想和抱负。同时，维特在公馆任职期间切身体会到了当时社会的封建思想，森严的等级观念，感受到来自传统贵族的嘲讽冷漠，以及“市民阶层的可悲处境”。比如封 · B 小姐的那位既没有家产也没有智慧的姑妈，仅凭贵族祖先留下的姓氏，她便自视不凡，习惯俯视市民，更是在维特被请出伯爵的宴会后对维特大肆贬低和辱骂。而封 · B 小姐本人虽然在私下里对维特亲切友好，但一旦处于公开的社交环境，她对维特也只能漠然无视，做不到抛开身为贵族的体面。至于那位愚蠢迂腐的公使，在维特多次忤逆他之后，他干脆将维特告上宫廷。

这期间，聚会的人已经到齐，有穿戴着参加弗朗茨一世加冕时的全套盛装的F男爵，有带着自己的聋子老婆，在这种场合被郑重地称为封·R大人的宫廷顾问R等等，此外，还不应忘记提到捉襟见肘的J，他在自己满是窟窿的老古董礼服上，打着许多新的补丁。聚到一块儿的就是这种人物。我与其中几个我认识的攀谈，他们全都爱理不理。我想……我只留心着我的B小姐，没注意到女人们都凑到大厅的头上，在那儿叽叽咕咕地咬耳朵；没注意到，后来男人们也受了传染；没注意到，封·S夫人一个劲儿在对伯爵讲什么（这些情形全是事后B小姐告诉我的），直到伯爵终于向我走来，把我领到一扇窗户跟前。

"您了解我们的特殊处境，"他说，"我发现，参加聚会的各位对您在场感到不满。我本人可是说什么也不想……"

"阁下，"我抢过话头说，"千万请您原谅；我早该想到才是啊。不过我知道，您会恕我失礼的。我本早想告辞，却让一个恶灵给留住了。"我微笑着补充道，同时鞠了一躬。

伯爵意味深长地紧握着我的手。我不声不响地出了一帮贵族聚会的大厅，到得门外，坐上一辆轻便马车，向着M

地驶去。在那儿，我一边从山上观赏落日，一边读我的荷马，听他歌唱俄底修斯如何受着好客的牧猪人的款待。一切都是如此的美好啊。

——节选自《歌德文集》，

杨武能译，人民文学出版社，1999 年

唯一对维特开诚布公、平等相待的贵族是 C 伯爵。一次，他邀请维特参加家中宴会，但在场的贵族对与维特这样一位平民共处一室十分不满，无奈的 C 伯爵只好委婉地将维特请出家门。从文中可以看出，除了先天的所谓高贵出身，这群自视甚高的贵族不过是一群存在生理缺陷或者财力不足的普通人罢了。即便如此，他们仍旧容不下真正的“普通人”维特，对他爱搭不理，硬要将出身市民阶层的维特踢出聚会，以彰显自己的不可侵犯与高高在上。而维特也早就厌倦了贵族们的虚伪冷漠，宁可在山顶无拘束地欣赏自然的美景，古典诗歌中牧猪人的热情好客与现实生活中贵族们的自私冷漠形成了鲜明的对比。

本就对充满官僚主义的公馆失望之至的维特经历了宴会事件后清醒地认识到，市民阶层与贵族间存在难以逾越的壁垒，理想中的平等根本不存在。在这样一个腐朽丑恶、落后封建的社会，维特希冀的个人理想根本无法实现。失落的他选择了再次离开。

除了对爱情的歌颂和对社会桎梏的批判，大自然也是《少年维特之烦恼》关注的话题。在初到小村庄时，维特为乡野春光所倾倒，投身自然的怀抱，如朝圣，又如回归。他在书信中多次细致地描绘了静谧平和的自然美景，展现出不可思议的细腻审美。大量的环境描写与维特的心理状态呈现出和谐的呼应，体现了维特强烈的生态意识，这与“狂飙突进”派作家深受法国启蒙思想家卢梭“重返自然”的主张影响不无联系。就连在自尽前夜，维特还写下：“威廉呀，我最后一次去看了田野、森林和天空。”

再就是我在此间非常愉快。这个乐园一般的地方，它的岑寂正好是医治我这颗心的灵丹妙药；还有眼前的大好春光，它的温暖已充满我这颗常常寒栗的心。每一株树，每一排篱笆，都是繁华盛开；人真想变成一只金甲虫，到那馥郁的香海中去遨游一番，尽情地吸露吮蜜。

……

不知是附近一带有愚弄人的精灵呢，还是我自己异想天开，竟觉得周围的一切都如乐园中一般美好。就在城外不远有一口井，我真像人鱼美露西娜和她的姊妹似的迷上了它。——下了一座小丘，来到一顶凉棚前，再走下二十步石阶，便可见大理石岩缝中涌出一泓清澈的泉水。那绕井而筑的矮墙，那浓荫匝地的大树，那井泉周围的清凉，这一切都有一股诱人的力量，令人怦然心动。常有城里的姑娘们来打水，这是一种最平凡又最必要的工作，古时候连公主们也亲自做过的。每当我坐在那儿，古代宗法社会的情景便活现在我眼前，我仿佛看见老祖宗们全聚在井泉边，会友的会友，联姻的联姻；而在井泉四周的空中，却飞舞着无数善良的精灵。啊，谁若无此同感，谁就必定从不曾在夏日的长途跋涉后，把令人神怡气爽的清泉啜饮。

——节选自《歌德文集》，

杨武能译，人民文学出版社，1999 年

综上来看，维特在结局时的自杀绝非逃避爱情悲剧的冲动选择，虽然爱情的失败是导致维特自杀的直接导火索，但是以这种决绝的方式与腐朽丑恶的世界抗争，正如哈姆雷特在困境中发出的呐喊“是死亡，还是生存”。维特是一个纯粹的人，他既清醒，也冲动，不甘心与堕落的贵族同流合污，然而自己渺小的力量远不足以改变社会现实。如果维特不是一个有感情、有意志、有欲求、有理想和有鲜明自我意识的人，他就不会因为理想和愿望得不到实现而烦恼。如果维特在爱情和工作出现不可调和的矛盾时轻视感情，随波逐流，向现实妥协，他就不会痛不欲生。维特身上不仅体现着青年歌德的世界观、社会观、审美观，还集中彰显了德国“狂飙突进”时代新兴资产阶级的理想。维特身上闪烁着独特的个性主义光芒，虽然这种个性主义得不到世人的认可。这就是先觉者的悲哀。维特的状态是当时德国社会许多觉醒的知识青年的写照，他们力求社会解放，渴望摆脱封建桎梏，追求个性自由，渴望实现自我价值，但在残酷的现实面前，他们的抗争往往显得苍白无力。于是，维特唯有用死亡表达自己的不妥协，正如维特本人所言，这种死亡不是逃避，而是“以自己的死在他们的友朋中鼓动起新的、百倍的生之勇气”。

《少年维特之烦恼》的发表像是一枚炸弹迅速引爆了德国乃至整个欧洲的读者群体，形成了声势浩大的“维特热”，仅1775年一年就再版了七次。这样的成功歌德本人也未曾预料。歌德事后分析道，《少年维特之烦恼》的出现恰逢其时。没错，正是因为维特这个形象真切地反映了当时资产阶级有志青年的苦痛与诉求，才能引起如此广泛的共鸣，并且长期影响了后世作家的创作，例如尼考莱的《少年维特之欢乐》以及近两百年后诺贝尔文学奖得主托马斯·曼的《绿蒂在魏玛》。一方面，视维特为精神偶像的年轻人纷纷效仿起维特的着装和说话的语气；另一方面，保守的教廷下令禁止传播《少年维特之烦恼》，因为这本书教唆青年自杀，导致自杀率攀升。这部小说在当时的社会影响力由此可见一斑。

值得一提的是，由郭沫若翻译的《少年维特之烦恼》的第一本中文全译本1922年在中国发表后，国内也迅速爆发了一轮“维特热”。深受包办婚姻迫害、正处于反封建斗争中的中国青年在书中找到了知音，看到了追求爱情自由、个性发展的榜样。虽然有研究认为，中国的“维特热”注重的是“凸显个性反抗，忽略社会认知；注重情绪渲染，疏忽哲理认知”，但不可否认，中国的进步青年对维特宁折不弯、以死抗争的精神形成了深深的认同与喜爱。更加可贵的是，《少年维特之烦恼》还对20世纪初我国作家的思想和创作产生了深远的影响，例如郭沫若的《女神》、茅盾的《子夜》等。

不论是从小说本身的文学价值，还是从它历久弥新的社会影响力来看，《少年维特之烦恼》都当之无愧地称得上世界文学宝库中的瑰宝。

《浮士德》：欧洲现代诗歌的皇冠

《浮士德》（德语：*Faust*）是歌德倾尽毕生心血的巨作，从最初的构思到 1832 年下卷的完成，其创作过程前前后后持续了六十多年，可谓贯穿了歌德的一生。这部总共 12111 行的诗剧是一部恢宏大气、独一无二的作品，集戏剧、诗歌和叙事为一体，既包含极具戏剧张力的场面，也不乏直抒胸臆的诗歌以及记叙描写的段落，仅诗歌部分就有自由韵体、牧歌体、古希腊悲剧的三音格诗、北欧古典的长短格无脚无韵诗、浪漫主义的短行诗等，从内容上又可分为颂歌、哲理诗、抒情诗、讽刺诗、挽歌、比喻诗等，直叙、抒情、象征、寓意、反讽、讽刺、嬉拟等手法均有体现。再者，《浮士德》的剧情发展从古代希腊到中世纪的欧洲再到 18 世纪末 19 世纪初的德国，如此巨大的时空跨度并没有牺牲叙事的连贯性和流畅度，从而导致其变得松散苍白。歌德用深厚的文字功底串连起了看似衔接并不紧密的场面，组成了一幅气势磅礴、包罗万象的画卷。且不论《浮士德》的深刻内涵，仅从其文学造诣上看，《浮士德》就值得被称作欧洲“现代诗歌的皇冠”“西欧自文艺复兴以来三百年历史的总结”，以及“德国人世俗的《圣经》”。

与《少年维特之烦恼》不同，歌德创作《浮士德》的过程并不十分顺畅。据推算，歌德大约在 1772 年开始撰写《浮士德》，此时正是“狂飙突进”运动的鼎盛时期，歌德的写作难免充满自由张扬、追求解放的“狂飙突进”精神。1775 年，来到魏玛担任公职的歌德因繁忙的政务搁置了《浮士德》的写作。枯燥的工作、迂腐的官场让歌德的文学事业一度陷入停滞，直到意大利之行结束，歌德才恢复创作的活力，并借此机会对《浮士德》的手稿进行了增删。1790 年，歌德将尚未完全成书的手稿冠以《浮士德——一个片段》的标题发表了。可惜，读者对这本书的反响平平，歌德甚至失去了写完《浮士德》的信心。幸而歌德遇见了席勒。在席勒的鼓励下，歌德对原本由几个松散小故事组成的《浮士德》进行了新的构思，赋予了这部诗剧一个崭新的、宏大的框架结构。此时的歌德已经褪去了“狂飙突进”时期的冲动与激情，进入古典时期的肃穆庄重、优雅和谐。歌德对浮士德的设定不再是纯粹的单个文学形象，而是整个人类命运的代表。歌德企图通过浮士德追求知识、爱情以及人生终极目标的过程展现人类对远大理想上下求索的美好精神，通过浮士德的困惑、思考与矛盾凸显人类命运发展的内在动力。文本定位有了新高度后，歌德对先前的手稿进行了修订，准备将浮士德的活动舞台从个人生活的“小世界”搬到包括政治、经济、文化等在内的社会“大世界”，故而《浮士德》被分为了第一部和第二部。1808 年，《浮士德》的第一部率先与读者见面。1825 年，歌德开始撰写《浮士德》的第二部，并终于在 1831 年，即歌德逝世之前不久，完成了这部旷世杰作。然而，歌德在作品完成之后却立下遗嘱，不得在其生前发表这部诗剧。故而《浮士德》的第二部直到 1832 年才得以面世。从《浮士德》的成书史可以看出，这部诗剧凝聚了歌德的毕生心血，贯穿了歌德人生发展的各个阶段，从“狂飙突进”到古典主义再到晚年现实主义与浪漫主义的结合，它反映了歌德在不同时期的可贵思考与信念追求，涉及歌德对神学、哲学、科学、美学、文学、音乐等领域的探索，展现了歌德这位大文学家、思想家精神发展的脉络和过程，蕴含着浩瀚开阔的世界观、价值观，是一部难得的深邃之作。歌德预感《浮士德》难以获得同代人的理解，故命人等他死后再出版第二部，寄希望于后世读者能够随着时间的推移理解其中的深刻含义。

这部诗剧的中心人物——浮士德博士并非歌德原创的文学形象，而是来源于 16 世纪以来的文学作品以及民间故事。据传，历史上的确存在过一个名叫约翰·乔治·浮士德的人，他大约生活在 15 世纪末、16 世纪初，是一位流浪炼金术师、魔法师、占星家和预言家。在后来以约翰·浮士德为蓝本创作的文学作品中，浮士德通常被刻画为学识渊博、多才多艺的江湖骗子和魔法师。对知识的渴望以及与魔鬼结盟是他的两大标志性特征。浮士德博士这个形象在德国乃至欧洲可谓家喻户晓，不少作家对其进行过文学改编，除了歌德创作的诗剧《浮士德》之外，英国诗人克里斯托弗·马洛在 16 世纪撰写过剧本《浮士德博士的悲剧》，诺贝尔文学奖得主托马斯·曼在 1947 年出版了长篇小说《浮士德博士——一位朋友讲述的德国作曲家阿德里安·莱韦屈恩的生平》。

诗剧《浮士德》以主人公浮士德的思想发展为主线，讲述了空虚迷惘的学者浮士德为了追求极致的人生真谛与魔鬼梅非斯特签订契约，以灵魂作抵押换取了驱使魔鬼满足自己任何要求的权力。倘若浮士德在某个时刻产生了满足感，那么他的灵魂就将归魔鬼所有。此后，浮士德在梅非斯特的安排下借助魔法经历了一系列奇妙的事情：他重返青春，品尝到爱情的苦涩与甜蜜；在宫廷展现过治国理政的才干；还在沙场建功立业……最后，当双目失明的浮士德以为自己构建的理想社会就要建成时，情不自禁地发出心满意足的感慨。梅非斯特据此认为自己赢得了赌约，准备取走浮士德的灵魂。而这时，天使赶来将浮士德的灵魂带去了天国。

《浮士德》分为两部。第一部共 25 场，未分幕，主要描写了浮士德的书斋生活和爱情悲剧，展现了他在“小世界”的求知困惑和爱情烦恼。第二部 25 场，分为 5 幕，讲述了浮士德走入“大世界”后的政治生活、艺术生活以及改造自然、构建理想社会的伟大事业。

第一部

《浮士德》第一部的副标题为“一个悲剧”，故而第一部的内容常常被概括为学者浮士德的悲剧和格蕾辛悲剧。在剧情正式开始之前，有《献诗》《舞台序幕》与《天上序曲》三个序幕，其中《献诗》和《舞台序幕》与核心剧情没有直接联系。歌德在《献诗》中追忆了青春、初恋和逝去的伙伴。而在《舞台序幕》中，一位剧团团长、一位剧团诗人和一名丑角演员就什么是成功的戏剧以及戏剧的意义和用途展开了激烈的争论。剧团团长希望戏剧以情节复杂取胜，挣到更多的钱；诗人则表示戏剧的优秀体现在艺术价值上；而丑角演员认为能够给人带来欢乐和消遣的戏剧就是好的戏剧。《天上序曲》以三位天使长对上帝的歌颂开篇，而他们乐观的叙述遭到了梅非斯特的嘲笑。梅非斯特这个名字源于希腊文或希伯来语，意为“不喜欢光明的人”或“破坏者、撒谎者”，转意为“魔鬼”。在歌德笔下，魔鬼梅非斯特并非上帝的敌人，而是他的下属。在梅非斯特眼中，天主创造出来的人类只是一种可怜的存在，人的一切努力都是徒劳，最终只能走向毁灭。而天主不以为然，并提到了不沉溺物质享乐、一心追求更高目标的人类代表浮士德。于是梅非斯特与天主打赌，自信能够将浮士德从正道引入歧途，令其自甘堕落。天主接受了魔鬼的赌约，虽然人类难免会在奋斗的过程中经历困惑，但是天主坚信，“善人虽受模糊的冲动驱使，总会意识到正确的道路”。

此时，身在人间已年过半百的浮士德已经是一名出众的博学之士，满腹经纶，才识出众。然而，学术上的成就并未让浮士德产生满足感，他自认仍旧没有掌握自然的奥秘，也没有取得金钱、社会地位这类世俗的成功。对自己的生活状态感到厌倦与迷茫的浮士德甚至萌生了自杀的念头，好在复活节的欢乐景象重燃了他对生活的希望。为了摆脱这种局面，浮士德准备投身魔法以追求极致的真理，把握世界的本原。不过，浮士德仍旧因内心的思想斗争而感到苦闷：一种是沉迷现世的享乐，一种是追寻超现实的理想。这让魔鬼梅非斯特有了可乘之机，他在两次潜入浮士德的书房之后伺机引诱浮士德与自己签订条约：梅非斯特愿意成为浮士德此生的奴仆，满足他的一切愿望，条件是浮士德如果在某个瞬间获得了满足感，那么他就要在死后交出灵魂。浮士德认为世间没有什么能够让他满足，如果有一天他真的被享乐所迷惑，那么自己甘愿毁灭，于是他欣然接受了梅非斯特的提议。

梅非斯特最初的计划是让浮士德在快乐的世俗生活，即情爱与肉欲中沉迷。梅非斯特利用魔女的丹药使浮士德返老还童，并施计令浮士德爱上了少女格蕾辛。尽管良知让浮士德对诱骗纯洁少女产生过抗拒，但他最终还是没能抵过梅非斯特的一再诱惑，对格蕾辛展开了追求并占有了她的肉体。为了能与格蕾辛在家中共度良宵，浮士德拿来安眠药让格蕾辛给她恪守礼教的母亲服用。不料剂量出了差错，格蕾辛的母亲因此丧命。格蕾辛的哥哥瓦伦廷转而知道了妹妹与浮士德的丑事，震怒之下欲置浮士德于死地。在梅非斯特的教唆下，浮士德与瓦伦廷展开了决斗，瓦伦廷不幸死在了浮士德的剑下。犯下杀人之罪的浮士德只得逃走，而此时的格蕾辛正面临着无比凄惨的境地：与人私通，又失去了母亲和哥哥的她在生下了浮士德的私生子后将婴儿溺死，名声败坏的她因杀婴罪被关进了监牢，判处死刑。另一面，为了不让浮士德产生悔悟之心，梅非斯特隐瞒了格蕾辛的处境，并将浮士德引诱到哈尔茨山山顶继续寻欢作乐。后来，辗转得知格蕾辛惨状的浮士德对梅非斯特的残酷怒不可遏，他要求梅非斯特带自己去监牢搭救格蕾辛，即使牺牲生命也在所不惜。在狱中，神志不清的格蕾辛起先将浮士德错认为提刑的刽子手，她哭诉着自己的罪过，仿佛看到了饿鬼狰狞的地狱在向自己招手。悲痛万分的浮士德用爱称唤回了格蕾辛的理智，催促她立刻逃走。

《浮士德》插画：浮士德将手臂伸向格蕾辛

然而身心背负重创的格蕾辛认为逃跑无济于事，甘愿受罚。她嘱托浮士德安葬好自己、母亲、哥哥和儿子，任凭浮士德怎样劝说也不改变心意。死亡来临之前，格蕾辛虔诚地跪下，心甘情愿地接受了法律与道义的制裁。由于诚恳虔敬的认罪态度，格蕾辛的灵魂得到了天主的赦免。

第二部

一计不成的梅非斯特不甘心地设局将浮士德引到了神圣罗马帝国皇帝的宫廷。皇帝沉迷享乐，国内民不聊生，战乱不断，国库亏空。大臣们都愁眉不展，唯有梅非斯特扮作的弄臣对皇帝歌功颂德，轻易博取了皇帝的欢心。梅非斯特声称，此地遍布黄金，行乐之后就能挖出财宝。于是在梅非斯特的安排下，宫廷上演了一场奢华热闹的化装舞会。舞会上，扮作财神爷普路托斯的浮士德豪掷千金，带来了无数金币，并在突发火灾时救下了皇帝。肆意作乐之后，舞会上发行的大量货币缓解了国内的财政危机，再加上救驾有恩，浮士德和梅非斯特深受皇帝器重。

贪图享乐的皇帝异想天开，想要见一见美男美女的典型帕里斯与海伦。浮士德求助梅非斯特，并在他的帮助下让众人见到了古希腊传说中的帕里斯与海伦。海伦的美丽令众人神魂颠倒，就连浮士德在见到海伦之后也失去自制，妄图将她抢过来。浮士德的举动破坏了梅非斯特的魔法，引起了爆炸，浮士德也因此昏倒在地。无奈的梅非斯特只好将浮士德背离皇宫，回到书斋。

回到浮士德的书斋之后，昏迷的浮士德依旧没有醒来。梅非斯特穿上浮士德的衣袍，扮作他的模样打探了浮士德曾经的弟子——瓦格纳的近况。这位羞怯的青年如今已经成了独当一面的学术伟人，正沉迷于用炼金术“造人”。瓦格纳在摆满了各种化学器具的实验室里造出了一个体态娇小的小人儿荷蒙库路斯。瓦格纳失手打碎了装着荷蒙库路斯的玻璃瓶，荷蒙库路斯飘到了浮士德的头顶，带领他和梅非斯特来到了古希腊法尔萨洛斯的旷野，那里正在举行古典的瓦尔普吉斯之夜。来到古希腊土地上的浮士德立即苏醒，浑身充满活力。对海伦念念不忘的他决定寻访这位美人，而梅非斯特和荷蒙库路斯也分道扬镳，各自历险。

另一面，海伦在特洛伊战争结束之后回到故乡。然而，往日的宫殿变得破败不堪，想象中众人夹道欢迎的场面也没有出现，只有一位蒙面的高个子女人傲慢地对海伦的到来表示了不屑。这位名为福耳库阿斯的丑陋女人其实是梅非斯特所扮，她直言不讳地说出海伦的过往，责骂她用美貌酿成灾祸。随后，福耳库阿斯告知海伦，海伦的丈夫、斯巴达的国王墨涅拉斯要将海伦献祭给奥林匹斯山上的诸神。惊恐的海伦只得求助福耳库阿斯，并在她的指引下来到了一处宫廷。这座宫廷的主人正是浮士德，海伦与浮士德倾心相爱了，并生下了儿子欧富里翁。然而，愉快的生活没有持续太久。总爱奔向高处的欧富里翁坠落山岩摔死了，悲痛欲绝的海伦追随儿子去了地下，形骸消失，只留下面纱和衣衫在浮士德怀里。

离开古希腊的浮士德重新回到了现实世界，现在的他一心想要干出一番大事业，他想要征服自然，造福于人。此时，之前那位骄奢淫逸的皇帝正因国内暴发的叛乱头疼不已。在梅非斯特的帮助下，帮助国王平息战乱的浮士德得到了海边的一大片土地作为封赏。浮士德计划在这里围海造田，开垦土地，造福人民。但是，一对老夫妇不愿意搬迁，计划因此被搁置，浮士德郁郁不乐。梅非斯特再次出手，他没有理会浮士德给他的提议，而是粗暴地驱逐了两位老人，导致老人被吓死，房屋也化为灰烬。受到良心谴责的浮士德深感愧疚。事业受挫的浮士德不久眼睛也瞎了。梅非斯特见浮士德命不久矣，便命令小鬼替浮士德挖掘坟墓。听见铁锹声的浮士德误以为这是开挖新土地的声音，以为自己规划的理想社会就要建成。在这一瞬间，浮士德感到心满意足。也就在这一瞬间，魔鬼自认赢得了与浮士德的赌约，准备攫取浮士德的灵魂。然而，浮士德的满足感并不是来自享乐，而是来自自我理想的实现。所以天使从天而降，及时引导浮士德的灵魂前往天国。

从内容概要可以看出，《浮士德》与一般文学作品不同，虽然没有太多的出场人物，但叙事框架宏大，从古希腊到中世纪的城邦再到神圣罗马帝国皇帝的宫廷，情节迂回曲折，故事层次丰富，将现实元素与浪漫色彩完美地结合在了一起，具有极其丰富的内涵、极其深邃的思想，加之诗歌体裁的特殊性，《浮士德》对于一般读者而言难免如同一部难解的智慧之书，甚至“天书”。但正是如此瑰丽的象征手法和精湛的文学技巧，才使《浮士德》这朵世界文苑中的奇葩获得了无穷的阐释空间和超越时空的艺术影响力。

俄国文学评论家别林斯基称《浮士德》是反映“当代德国社会的一面完整的镜子”。历经18世纪末、19世纪初德国封建政权与资产阶级缠斗的歌德在《浮士德》中以文艺复兴以来的欧洲为主要舞台，展示了新兴资产阶级在各个社会领域的探索与斗争，倾注了其毕生观察与思考的结果。在浮士德经历的第一个悲剧，即以中世纪书斋为核心场景的学者悲剧中，浮士德虽然已经是一名博览群书，精通哲理、法律、医典、神学等领域的饱学之士，但他依然感到自己是一个“可怜的傻子”，掌握的知识没能对人类有所裨益，希望求助于魔法。为什么博学的浮士德会产生知识无用的空虚感呢？歌德在这里批判的是中世纪以来陈旧的经院哲学及其传统。这些典籍最初是为了维护宗教统治、诠释基督教神学教义而存在的，它们脱离自然、脱离现实，已经无法助力当下的社会发展。但是，以教皇为代表的宗教世界仍旧主导着人们的精神世界，因此浮士德寄希望于被教会视作异端和非正统的魔法以突破局限，探清世界的本原。歌德在学者悲剧中隐喻了新兴知识分子的觉醒。

与梅非斯特达成契约后的浮士德经历了第二次悲剧，即格蕾辛悲剧。与歌德创作的不少爱情小说类似，浮士德在这场爱情悲剧中体会了恋爱的甜蜜与欢愉，但是不顾礼教、追求个性自由的行为在强大的封建势力和宗教势力面前注定失败，可怜的格蕾辛因此献出了生命。直到这时，浮士德才深刻地意识到，一时的情欲享受不该成为人生追求的终极目标，于是从狭隘的市民生活小世界走向了能够发挥主观能动性的社会大世界。

在爱情悲剧中，歌德讽刺了陈腐礼教的虚伪，传统婚恋制度对人类自由天性的桎梏，例如格蕾辛的寡妇邻居在听到丈夫的死讯后，虽面上忧伤，但心里却盘算着如何找到丈夫的遗产；而被世俗社会唾弃、“不守妇道”的格蕾辛其实有着一颗纯洁善良的心灵。

进入大世界的浮士德开始思索如何实现自我价值。他首先选择了投身政治，来到封建帝王的宫廷。然而，这时的皇宫奸臣当道，皇帝奢靡无度，不思朝政，只求寻欢作乐，对国内民众疾苦充耳不闻。只要巧言令色，逗得皇帝开心，就能得到重用。可以想见，在这样的环境中，即使胸有大志，才华横溢，也难以实现改善民生、建设国家的宏图夙愿。结合歌德创作《浮士德》第二部的时间来看，这场政治悲剧或许是歌德对自己在魏玛公国多年政治生涯的揶揄，反映了德国资产阶级在社会改造方面的无能与可悲，表达了对行将就木的封建政权的嘲讽和批判。

以海伦为主线人物的第四个悲剧是五个悲剧中最具象征意义的一个。从福耳库路斯的话中可以推断出，文中的海伦并不是历史上的那个王后，而是被艺术创造出来的形象，是美的化身，代表了古典艺术与古典美。浮士德对海伦的追求暗合了资产阶级知识分子对古希腊文化的再发现，这与文艺复兴以来的文化导向不谋而合。然而，浮士德与海伦的结合却最终化为虚空，两人的儿子命殒山崖。这一结局表明了仅仅依靠美育是无法实现教化国民、改造社会的大业的。在古典主义时期，以歌德、席勒为代表的一批文艺家曾经试图通过美育达到教化的目的，但实践表明，这一方式还不足以承担革新社会的重任。尽管如此，资产阶级在这一时期的探索仍旧具有积极意义。海伦虽然形骸消散，但她为浮士德留下了面纱和衣衫，意味着美与艺术将继续陪伴浮士德的成长。

最后一个悲剧以事业为主题，离开了古希腊的浮士德重新回到了现实世界。经历了对知识、爱情、政治与艺术的追求，浮士德决心干一番实事。他想要围海造田，改造自然，建立一个充满理性与欢乐的人间天堂。然而，浮士德的计划未能得到所有海边居民的认同，最终流产。年事已高的浮士德也即将离开人世。不过，浮士德的肉体虽然会衰败，但精神却不灭，在人生的最后时刻，浮士德怀着对光明未来的美好憧憬备感满足，丝毫没有即将失去生命的慌张和恐惧。或许歌德想借此表达社会改良的道路虽然坎坷，但一定会成功，值得一代又一代人前仆后继，“虽九死其犹未悔”。

除了反映当时的社会风貌以及资产阶级的探索道路，《浮士德》还是一部人类灵魂的发展史，是一首“人类自强不息精神和光明前景的壮丽颂歌”。在《天上序曲》的序幕中，天主与魔鬼梅非斯特的赌约引出了何为人生理想以及人类究竟能否实现人生理想的话题。作为人类代表的浮士德在种种悲剧与磨难之中展现出不断追求、不断探索、勇于实践的精神。虽然有过失败、挫折，但浮士德寻觅理想的信念从未动摇，就算在生命的最后一刻也抱着理想必将实现的信心。

此外，在浮士德追求人生真谛的道路上还有一个不可或缺的人物——梅非斯特。这位魔鬼代表着贪欲、诡计和恶念，但他不单纯是一个恶的形象，而是浮士德成长发展过程中必不可少的动力，或者说伙伴，甚至梅非斯特就是浮士德内心恶的一面的化身。在浮士德这一路的历险中，他多次受到梅非斯特的诱惑和唆使，也曾犯下一些过错，但最终浮士德还是战胜了这些邪念，没有迷失，也呼应了天主在与梅非斯特打赌时说的那句“善人虽受模糊的冲动驱使，总会意识到正确的道路”。浮士德跌跌撞撞却不轻易言败的探索之路正是人类不断试错、不断发展的命运的缩影。国内学者将浮士德精神言简意赅地概括为“自强不息”不无道理。

当然，《浮士德》的思想内涵远不是寥寥几句可以概括完备的，它的哲学、美学、文学价值至今仍激励着学者们潜心钻研，是一本真正的无价之书。

最后，用浮士德弥留之际的倾诉结束对这部诗剧的注解吧。

一片沼泽漫延至山麓，
新垦的土地全遭玷污；
伟大事业要圆满完成，
还必须将臭水注清除。
我为千万人开拓疆土，
不尽安全却可勤劳而自由地居住。
绿色的田野结满果实；
人畜在新垦地上都感幸福，
勇敢奋发的民众垒起高丘，

移居者会得到它有力保护。
任外边狂潮汹涌，冲击岸壁，
里面仍是一片人间乐土；
一当潮水噬岸，冲入堤防，
使群策群力，将缺口封堵。
是啊，我完全沉迷于这个理想，
它是智慧的最后结论：
只有每天争取自由和生存者，
才配享受自由和生存。
于是少年、壮年和老年人
不惧风险，在这里度过有为的年辰。
我愿看见这样熙熙攘攘的一群——
在自由的土地立足的自由之民。
那时对眼前的一瞬我便可以说：
你真美啊，请停一停！
于是，我有生之年的痕迹
不会泯灭，而将世代长存。
我怀着对崇高幸福的预感，
享受着这至神至圣的一瞬。

——节选自《浮士德》

杨武能译，河北教育出版社，2015 年

《威廉 · 迈斯特的学习时代》：启蒙思想与“狂飙突进”的完美结合

《威廉·迈斯特的学习时代》（德语：*Wilhelm Meisters Lehrjahre*）是魏玛古典主义文学时期最重要的长篇小说之一，被誉为“德国第一部最杰出的教育小说”。教育小说（德语：Bildungsroman），又称教养小说、成长小说，是 18 世纪末发端于德国的一种文学创作类型。教育小说通常以一位年轻主人公的成长、发展历程为主要叙述内容，通过描写核心人物与世界的碰撞，例如与家庭、周边人物、社会环境的冲突等，展现人物内在与外在成熟的过程。往往年轻、莽撞、充满理想主义的主人公在经历了现实世界的打击与拒绝后逐渐转变，积累经验，学会自省，最终达成与自我和社会的和解。教育小说通常以主人公的少年时代开篇，横跨其数年、数十年的生活与成长。因此，教育小说中的“教育”一词并不单纯地等同于现代语境对学校教育的指代，而是囊括了影响人身心发展的所有要素和社会实践活动。并且，不同的历史时期对教育的完美典范有不同的理解，书中人物最终将达到一个受过教化的人在当时社会能够呈现的理想状态，例如，威廉 · 迈斯特在歌德笔下追求的是一种脱离平民出身、进身贵族的教化理想。作为启蒙时期教育小说的典范，《威廉·迈斯特的学习时代》不仅对许多德国作家的创作产生了深远影响，比如赫尔曼 · 黑塞、托马斯 · 曼等，而且在欧美文学舞台也不乏继承者和创新者，比如创作《红与黑》的法国作家司汤达。

起稿于1777年，歌德花费了近二十年的时间才完成了《威廉·迈斯特的学习时代》的撰写。最终定稿的《威廉·迈斯特的学习时代》由八部书构成，先后于1795至1796年发表。小说围绕主人公威廉·迈斯特的成长经历展开：热爱戏剧的商人之子威廉·迈斯特不满意父亲为自己安排的从商之路，一心企图进入戏剧界，希望通过戏剧艺术和美育改造社会。当威廉发现自己的初恋情人玛利亚娜同时充当着他人的情人时，伤心的他离开父母，加入了一个流浪剧团。威廉跟随剧团来到一位伯爵的府上演出，在那里见识了贵族生活，并且爱上了伯爵夫人。威廉在军官雅诺的推荐下接触了莎士比亚的作品，计划将戏剧《哈姆雷特》搬上舞台。在投奔剧院经理赛罗的途中，流浪剧团遭到了打劫，一位美丽的女骑士营救了大家。到达赛罗的剧院不久后，流浪剧团因为一场火灾解散了。至此，尽管在戏剧表演上取得过一些成就，威廉的戏剧之梦最终还是破灭了。由于赛罗的妹妹奥勒莉亚，威廉结识了罗塔里奥男爵。男爵是一位成功的实干商人，他带领威廉走上了更加广阔的社会平台，加入了由一批以改良社会为己任的有志之士组建的“塔楼兄弟会”。最终，威廉离开了戏剧的世界，与罗塔里奥的妹妹——象征着理智与美好的娜塔莉亚结为夫妻。

《威廉·迈斯特的学习时代》洋洋洒洒，叙事宏大，如同一幅栩栩如生的人物与历史长卷。小说情节紧凑，编排巧妙，草蛇灰线，细节环环相扣，事情的全貌往往需要读到最后才得以显现。虽然歌德并未在文中点明故事的发生地，但读者仍旧能够从字里行间隐约感受到那是 18 世纪的德国。《威廉 · 迈斯特的学习时代》不是一部简单的个人成长史。除威廉 · 迈斯特之外，歌德在文中塑造了出身不同、性格各异的各色人物，并借助他们的眼睛还原了丰富与复杂的社会风貌。

部分人物介绍

玛利亚娜：年轻的女演员、威廉 · 迈斯特的初恋情人。为了防止威廉的父母知晓恋情，两人一直保持着秘密往来。尽管心底爱着威廉，但为了维持生计，玛利亚娜同时委身于富商诺尔贝格。就在玛利亚娜正式断绝与诺尔贝格往来的当晚，威廉发现了玛利亚娜的秘密，悲伤离去。威廉不知，玛利亚娜此时已经怀有他的孩子。玛利亚娜在生下儿子费利克斯后撒手人寰。

竖琴老人：本名奥古斯丁，出身意大利贵族家庭，在不知情的情况下与同父同母的妹妹施佩拉达相爱，生下了迷娘。乱伦丑闻被揭露后，奥古斯丁被迫与施佩拉达分开。奥古斯丁被关进了修道院，施佩拉达则在分娩后被夺去了女儿。迷娘被送往河边的一户普通人家抚养。某日，迷娘失踪不见，人们在湖面找到了她的帽子。但施佩拉达相信，女儿是被上帝接了回去。施佩拉达去世后，奥古斯丁不知所踪，原来他跑到德国，成了一名竖琴师。

迷娘：竖琴老人与妹妹施佩拉达的女儿，幼时被人从意大利拐走。迷娘对自己的身世一无所知，自记事起便流落在马戏班。在马戏班饱受虐待的迷娘在十三岁时为威廉所搭救，被赎出马戏班后她一直跟在威廉身边。对意大利怀有莫名向往的迷娘才情出众，在与威廉相处的过程中爱上了自己的救命恩人。而加入“塔楼兄弟会”后的威廉与特蕾萨越走越近，迷娘相思成疾，最终抑郁而亡。

威尔纳：威廉·迈斯特的幼时好友。与倾心艺术的威廉不同，威尔纳是一位讲求实干的商人。威廉的父亲过世后，威尔纳接管了遗产，并迎娶了威廉的妹妹。

《威廉·迈斯特的学习时代》由八部书构成，以威廉的成长为主线，串联了多个人物、场景、社会阶层和生活领域，在宏大的叙事框架内铺开了丰富的情节，包罗万象。其中，前五部集中描写了威廉投身戏剧事业的经过。第六部是“一颗美好心灵的自白”，可视作一部插曲，记叙了一位少女投身基督教虔诚派教会，成为“美好心灵”的历程。最后两部讲述了威廉结识罗塔里奥男爵后放弃戏剧，加入“塔楼兄弟会”的故事。

第一部

商人之子威廉·迈斯特对戏剧充满了热情，他向初恋情人——女演员玛利亚娜及其管家老芭芭拉讲述自己在幼年时观看了一场木偶剧，从而对戏剧产生了极大的兴趣。不过，威廉的父亲认为观赏戏剧纯属浪费时间，他准备送威廉出差，以便威廉了解商业世界。威廉的好友，商人威尔纳也认为威廉通过旅行能够更好地了解贸易事务，作为未来的商人，威廉应当学会理性思考。而威廉本人则打算利用这次机会逃离生活的重压，开辟全新的人生道路。他计划，等自己在戏剧舞台站稳脚跟后将玛利亚娜接到身边。事实上，玛利亚娜还有另外一个情人——富商诺贝尔格。威廉在旅途中结识了男演员梅利纳并帮助他处理了一桩难事。打算在第二次出差途中投奔剧院经理赛罗的威廉在临行前发现了玛利亚娜的秘密，伤心欲绝的威廉离开了初恋情人。

第二部

心灰意冷的威廉转而投身到经商事务中。几年后，他在一次出差途中遇到了一个流浪剧团，因而结识了女演员菲莉涅和竖琴老人，并从马戏班解救了备受欺凌的迷娘。威廉从一位老人那里得知，玛利亚娜在三年前因为怀孕被赶出了剧院。菲莉涅向威廉卖弄风情，但未得到回应。威廉将迷娘视为女儿，对她关怀有加。

第三部

加入了流浪剧团的威廉跟随大家一同来到伯爵的宫廷表演。然而，威廉与这群贵族在艺术理念方面似乎存在偏差。在军官雅诺的建议下，威廉阅读了莎士比亚的剧作，深受触动。不过雅诺却奉劝威廉放弃戏剧，干点儿正经事。为了排解伯爵夫人的无聊情绪，善于钻营的菲莉涅请威廉为伯爵夫人朗读正在创作中的手稿。但不知为何，两人之间突然涌动出暧昧的气息。

第四部

离开伯爵宫廷的剧团不得不继续流浪。他们在途中遭遇了抢劫，威廉身负枪伤。幸好，一位美丽的女骑士营救了大家。威廉决定带领剧团投奔熟识的剧团经理赛罗。威廉沉浸在对伯爵夫人和女骑士的美好回忆中，他意外地发现，两人的笔迹出奇的相似。赛罗接纳了威廉和流浪剧团。赛罗的妹妹奥勒莉亚身边有一个大约三岁的漂亮小男孩费利克斯。奥勒莉亚爱恋着一位名叫罗塔的男爵。

第五部

威廉从威尔纳的书信中得知父亲过世的消息。威尔纳打算迎娶威廉的妹妹，并邀请威廉一同打理遗产。但威廉决定留在赛罗的剧院。威廉改编了莎士比亚的戏剧《哈姆雷特》，打算将它搬上舞台。演出大获成功，流浪剧团好好庆祝了一番。然而某日，大家居住的屋子发生大火，剧团不得不解散，另寻住处。就在此时，不断有新的演员来到赛罗的剧院，流浪剧团的情绪越来越低落。多病的奥勒莉亚告知威廉自己命不久矣，她请求威廉给她的爱人罗塔送一封信。

第六部

这一部是一颗美好心灵的自述：一位年轻的少女品尝到了爱情的滋味，实现了自我解放，掌握了自然科学、音乐和人类精神方面的知识，培养出一种完全个人、自然的信仰态度，成长为一位大慈大悲的虔诚女性，即一颗“美好心灵”。书中的这颗美好心灵就是罗塔里奥男爵的姨妈。“美好心灵”（德语：schöne seele）是自柏拉图时代就存在于欧洲文化中的一个理念，意为真善美的统一。“美好心灵”常被用来描述一种性格或者一类人，这类人的情感与道德力量达到了和谐的统一，因而被感知为“美”。到了 18 世纪，弗里德里希·席勒在《秀美与尊严》中这样定义“美好心灵”：“美好心灵是审美教育的目标，它通过责任与爱好、理智与感性的调和实现人性的完美与和谐，优美与尊严是它的外在表现。”“美好心灵”一词最先由克里斯多夫·马丁·维兰德提出，由卢梭发扬光大，成为 18 世纪晚期的流行词汇，并在包括歌德在内的作家笔下化身为具体的文学形象。

第七部

应奥勒莉亚的恳求，威廉前往罗塔的住处送信，原来罗塔就是罗塔里奥男爵。在他的指引下，放弃戏剧的威廉加入了塔楼兄弟会。威廉在罗塔里奥男爵的住处发现房间里的一幅画像与那位美丽的女骑士十分相像，威廉决定找到她。塔楼兄弟会交给威廉的第一次任务将他带到了善解人意的特蕾萨身边。不过威廉发现，特蕾萨并不是之前的那位女骑士。实际上，特蕾萨与罗塔里奥男爵深深相爱，但两人却因为阻碍难以结婚。威廉与老芭芭拉相遇，从而得知，玛利亚娜在自己离开时已怀有身孕，并在生下儿子费利克斯不久后去世了。老芭芭拉使计令奥勒莉亚相信费利克斯是罗塔里奥男爵的孩子。出于对男爵的爱，奥勒莉亚收养了费利克斯。威廉找到费利克斯和迷娘，将两个孩子一同带回了塔楼兄弟会。随着孩子的接回，威廉的学习时代结束了。

第八部

迷娘因爱而不得日渐憔悴，在罗塔里奥的妹妹娜塔莉亚家休养。罗塔里奥男爵请求威廉带费利克斯前去拜访妹妹和迷娘，并给了威廉一张娜塔莉亚手写的便签。便签上的字迹让威廉觉得眼熟，在见到娜塔莉亚后，威廉确认，她就是那位美丽的女骑士。威廉想为费利克斯寻找一位母亲，于是向能干务实的特蕾萨写信求婚。正当特蕾萨准备答应时，她与罗塔里奥男爵之间的障碍解除了，于是两人准备成婚。迷娘因病去世，大家从一位意大利贵族那里得知了她的悲惨身世。大家建议，威廉应当与娜塔莉亚成婚，并与费利克斯一起前往意大利居住。威廉没有提出异议。

《威廉·迈斯特的学习时代》不仅内容丰富，其蕴含的思想与启示同样难以穷尽，这一点从小说问世后诸多文学家与哲学家的评述中可以看出，例如诺瓦利斯、施莱格尔等人。当然，教育始终是《威廉·迈斯特的学习时代》探讨的核心命题。

这里的教育是超越学校教育之外，影响一个人身心发展的全部实践活动，正如标题中“学习”一词的涵盖范围远远超过书本知识的习得。虽然这样的对比有些偏颇，但德国文化中这种所谓的学习期、学徒期与中国武侠小说中主人公成长的必经之路倒是颇有几分相似之处。在金庸或古龙笔下，年少轻狂的主人公总要跟随师父从基本功练起，在闯荡江湖的过程中碰得头破血流之后，在与各色人物的恩怨纠葛之后，尤其是与不同女性或明朗或凄美的爱恋之后，方能大彻大悟，成为一代武林至尊。同样，歌德在《威廉·迈斯特的学习时代》中安排威廉历经了爱情、迷途、事业失败与命运的考验，最终在开明贵族的引领下变得成熟，肩负起了一个理想公民应当承担的责任。完成于魏玛古典主义文学时期的《威廉·迈斯特的学习时代》既延续了启蒙运动对理性的追求，同时也承袭了“狂飙突进”运动对传统的反思和质疑，逐渐走向了平衡与多样。如此，威廉·迈斯特在内在天性与外部环境的互动中走向和谐与完善。

在成长的第一阶段，威廉听从兴趣的引领投身戏剧世界，企图借助舞台大有作为。这一行为背后折射的是对以古希腊悲剧为代表的古典文化的推崇。在德国，莱辛曾倡导过民族戏剧运动，席勒将剧院视作道德与美育的机构，就连歌德本人也在管理魏玛剧院期间将戏剧大力发展为人民喜闻乐见的艺术形式。不过随着时代的变迁，仅仅依靠戏剧已无法实现人的全面教化，因而雅诺不论是在伯爵的宫廷，还是在威廉加入塔楼兄弟会之后，都对威廉所谓的戏剧事业不以为意；威廉的伯乐赛罗经理后来不愿威廉继续留在舞台。

尽管如此，这一段人生经历对威廉的发展而言仍旧不可或缺。通过与剧团成员的交流沟通以及阅读和创作戏剧，威廉的感受力和创新力都得到了巨大的提升，原本只是对戏剧世界存在朦胧好感的威廉成长为有力的实践者和反思者。事实上，在这个过程中，威廉逐渐意识到自己通过戏剧改造社会的企图难以实现，比如表面热爱戏剧的传统贵族其实对艺术并不具备鉴赏力。所以，威廉在给威尔纳的回信中说道：“我离开剧院，去和一些人接近。和这些人的交往必定会在各种意义上把我引到一种纯洁而稳定的事业中去。”

如果说，戏剧代表着感性与理想世界，那么加入塔楼兄弟会的威廉则回归了理性与现实世界。塔楼兄弟会讲求实干与经商，教会了威廉责任与担当，促使他成为一个将美育与实用、艺术与现实统一起来的成熟的人。不过，这并不意味着塔楼兄弟会的教育理念就是完美的。歌德的目的并不是确立一种对的教育，反对其他教育模式，而是展现教育的不同可能，启迪人们思考。比如，弗里德里希虽然在塔楼兄弟会中长大，但极有可能是一个失败的教育实验牺牲品。又比如，娜塔莉亚的姨妈虽然在第六部书中被誉为“美好心灵”，但在娜塔莉亚眼中，姨妈过于注重内心，无法对社会起到积极作用。综合来说，歌德在《威廉 · 迈斯特的学习时代》中展现了极其丰富、多样的教化理念，既有对时代主流思想的继承，也有建设性的反思，给人以无限启迪。

除了蕴含丰厚的哲思与内涵之外，《威廉 · 迈斯特的学习时代》也是一部语言优美，极富文学性的作品。

片段赏析：

> 你知道吗，那柠檬花开的地方？
> 茂密的绿叶中，橙子金黄，
> 蓝天上送来宜人的和风，
> 桃金娘静立，月桂梢头高昂，
> 你可知道那地方？
> 前往，前往，
> 我愿跟随你，爱人啊，随你前往！
>
> 你可知道那所房子，圆柱成行，

厅堂辉煌，居室宽敞明亮，
大理石立像凝望着我：
人们把你怎么了，可怜的姑娘？
你可知道那所房子？
前往，前往，
我愿跟随你，恩人啊，随你前往！

你知道吗，那云径和山岗？
驴儿在雾中觅路前进，
岩洞里有古老龙种的行藏，
危崖欲坠，瀑布奔忙，
你可知道那座山岗？
前往，前往，
我愿跟随你，父亲啊，随你前往！

——节选自《威廉·迈斯特的学习时代》，
杨武能译，河北教育出版社，2015 年

这首诗是迷娘被威廉从马戏班救出来以后，在第三部书的开篇吟唱的一首曲子，又被称作《迷娘曲》（其一）。迷娘在小说中一共吟唱了四首曲子，诉说自己的思乡之情与幽怨心事，其中的第一首尤为脍炙人口，被译成多种语言，在全世界范围内广为流传，可谓“世界抒情诗宝库中一颗光彩夺目的明珠”，被贝多芬、舒伯特、舒曼、柴可夫斯基等多位音乐大师谱写成曲。1815年，歌德将《迷娘曲》收入诗集。

迷娘的名字 Mignon 本为法语，意为宠儿、心爱之人。对身世毫无记忆的她不知自己来自何处，也不记得自己的姓名，说着一口混杂着意大利语和法语的德语。迷娘不善言辞，忧郁秀美，充满神秘色彩与异域风情。她能歌善舞，才情出众，将一首《迷娘曲》吟唱得百转千回、哀婉动人，浓浓的思乡之情洋溢其间。虽然迷娘不知家在何处，但“柠檬花”“月桂树”“桃金娘”等记忆暗示了那个地方正是意大利。

《迷娘曲》分为三个诗节，每个诗节结构一致，对仗工整。前五句分别是对故国山川草木和人文风物的追思，后两句副歌反复出现，情深意切，表达了迫切浓烈的归乡意愿，极富音乐性与韵律感。每个诗节以“你知道吗”的问句开头，调动起读者好奇心的同时，将人们的注意力引向未知的远方。第一诗节中出现了“柠檬花”“橙子”“桃金娘”“月桂树”等植物，描绘了一幅“绿叶”“金黄”“蓝天”交相辉映、色彩明丽的图景，似乎还飘着浓郁的花香、果香。第二诗节提到了一所房子，房子里有成行的圆柱、辉煌的大厅、宽敞的居室以及大理石立像，这些细节不禁令人联想到古希腊、古罗马的建筑和造型艺术。第三诗节看似讲述的是一段崎岖的山径，但云雾、洞窟、古老的蛟龙、岩石、瀑布构成的恢宏场面与古希腊、罗马史诗以及神话中的场景何其相似！故而，威廉敏锐地从迷娘的歌唱中断定，迷娘心中向往的这个故乡就是意大利。副歌部分“前往，前往”“随你前往”的反复吟唱感人至深，令人动容，让人恨不得与迷娘一起，即刻动身，回归故里。略有变化的称呼“爱人”“恩人”“父亲”，指代的都是威廉·迈斯特。威廉从暴虐的马戏班班主手上解救了迷娘，所以是她的恩人。威廉的年纪也足以充当年仅十三岁的迷娘的父亲，事实上，威廉的确将迷娘视作女儿般呵护、教导。而爱人这个称呼则泄露了迷娘对威廉不可明说的爱意、依赖与眷恋。在长期的相处过程中，迷娘早已对威廉暗生情愫，相思成疾。故而这首诗歌不仅唱尽了对故土的追忆，也饱含着对恩人复杂深厚的情感。迷娘是多么渴望与所爱之人一起回到阳光明媚的故乡啊！第二诗节中一句“人们把你怎么了，可怜的姑娘”暗示了迷娘凄惨的身世，一种悲凉之感油然而生，为这首浪漫的诗歌平添了几分凄美。

其实，对意大利怀有向往之情的不仅是迷娘，还有歌德本人。《迷娘曲》创作于 1784 年，此时已在魏玛宫廷任职多年的歌德逐渐对政务产生了倦怠之感，对官场的勾心斗角和迂腐气息感到厌恶。他极度想逃离魏玛，前往被知识分子视作精神家园的意大利，歌德正是借迷娘之口唱出了内心的渴望。诗歌中的意大利不仅是那个风光秀丽、光明自由的南方国度，更是灿烂的古典文化与悠久历史的化身，是文艺复兴与新兴资产阶级文化的发源地。1786 年，歌德终于得以成行，在艺术气息浓厚的意大利，原本处于创作低谷期的歌德重获新生，再度恢复激情与创造力。意大利之行结束后，歌德曾对《迷娘曲》稍作修改，在这首篇幅短小的诗歌中融入了层次分明又深沉丰富的思想和情感，海涅曾感叹道：“你知道吗，有支歌唱出了整个意大利……”

优美且充满浪漫主义的《迷娘曲》虽然用语朴实，但情感真切，将人类共有的思乡愁绪表现得淋漓尽致，故而能够打动读者的心弦，引起广泛的共鸣。清末民初，政治家、诗人马君武先生第一个将《迷娘曲》翻译成中文，当时该诗译作《米丽容歌》。译介过歌德多部作品的郭沫若先生对《迷娘曲》十分喜爱，曾用不同的文风翻译过两个版本。

郭沫若译本一

有地有地香橼馨，
浓碧之中，橙子燃黄金，
和风吹自青天青，
香榴静，橄榄树高擎，
知否？我的爱人，
　行行，行行，
　我将偕汝行！

有屋有屋建高瓴，
华堂璀璨，幽室耀明晶，
大理石像向侬问：
可怜儿，受了谁欺凌？

知否？我的恩人，

　　行行，行行，

　我将偕汝行！

有山有山云径深，

驴儿踽踽，常在雾中行，

幽壑中有蛟龙隐，

崖欲坠，瀑布正飞奔；

知否？我的父亲，

　　行行，行行，

　向我故山行！

郭沫若译本二

你可知道吗，柠檬开花的地方，

葱茏的碧叶里，橘子金黄，

和风吹自晴碧的天上，

番石榴树静挺，月桂树儿高张，

你可知道吗？

　　去吧，去吧，

我愿相随呀，啊我的爱人，去吧！

你可知道吗，屋梁顶在圆柱上，
灿烂的广厦，辉煌华堂，
大理石的立像把我张望：
人们怎么你了，可怜的姑娘？
你可知道吗？
　　去吧，去吧，
　我愿相随呀，啊保卫者呀，去吧！

你可知道吗，那云径和山岗？
驴儿在雾里寻求路向，
洞窟中有古老的蛟龙潜藏，
岩头崩裂，瀑布乱奔忙。
你可知道吗？
　　去吧，去吧，
　登上路程呀，啊爸爸，让我们去吧！

此外，迷娘这个角色因其独特的魅力被改编进多部戏剧，例如法国作曲家昂布罗瓦·托马的三幕歌剧《迷娘》、我国剧作家田汉的独幕剧《眉娘》。可见，文学的魅力与精神能够超越时间的界限不断传承，给人以无穷的力量。

1796 年，歌德在写给席勒的信中表示，自己打算续写威廉·迈斯特的故事。1807 至 1810 年间，歌德着手起草《威廉·迈斯特的漫游时代》。该书的第一版发表于 1821 年，完整版发表于 1829 年。在《威廉 · 迈斯特的漫游时代》中，威廉带着儿子费利克斯出去游历，以实现塔楼兄弟会拯救人类的理想。相较于《威廉 · 迈斯特的学习时代》，《威廉 · 迈斯特的漫游时代》情节松散，叙事较为支离，穿插了对学术理论、教育模式、社会形态的思考，展现了彼时波澜壮阔的社会风貌。

《中德四季晨昏杂咏》：世界文学到来的宣告

组诗《中德四季晨昏杂咏》（德语：*Chinesisch-Deutsche Jahres-und Tageszeiten*）包含十四首长短抒情诗与格言诗，大部分完成于1827年的五六月。晚年歌德在欧洲“中国热”的影响下阅读了不少中国书籍。在创作这组诗歌前的两三个月内，歌德便读完了小说《玉娇梨》和《花笺记》。

《玉娇梨》又名《双美奇缘》，作者不详，据鲁迅考订应当成书于明代，是一部典型的才子佳人小说，讲述了青年才子苏友白与官家女子白红玉（又名无姣）历经奸臣陷害、恋人误会、小人插足等磨难之后终成眷属的故事。书中不仅展现了青年男女不畏当时礼教束缚，勇敢追求幸福爱情的过程，还刻画了明朝的社会图景和风俗人情。《玉娇梨》虽然在中国文学史上无足轻重，但在国外的影响力却远高于国内，有法、英、德、拉丁、俄等外文全译本或片段译文。大哲学家黑格尔曾在《历史哲学》一书中提到《玉娇梨》，足以彰显其影响力。

《花笺记》是明末清初流行于广东地区的说唱文学的唱本，讲述的是书生梁亦沧与女子杨瑶仙、刘玉卿之间的恋爱故事，最早由传教士翻译至海外。19世纪初，《花笺记》的英译本、俄文译本、法译本等多种译本出现在欧洲大陆，引起了一时轰动。欧洲的大英博物馆、牛津大学图书馆、法国巴黎图书馆、荷兰莱顿大学图书馆、丹麦皇家图书馆都收藏有《花笺记》。1827年2月3日，歌德在日记中写道："中国的小说，都有礼教、德行与品貌方面的努力。正因为有这样严正的调教，所以中国才有数千年的悠久历史文明。"此外，歌德还阅读过《赵氏孤儿》《今古奇观》以及一些诗歌，甚至还翻译过《百美新咏》中的部分诗歌。

1827年，78岁高龄的歌德离开让他感到疲倦的魏玛宫廷，来到伊尔姆河畔的别墅小住。在远离尘嚣的花园，歌德望着园中景致，感受着朝露暮霭，花香鸟语，不禁心旷神怡，诗兴大发。或许曾经读过的东方小说中的情节和意象触动了歌德，带着对中国情趣与文学精神的模仿与追求，歌德将中国传统文化意象与德国文化因素结合在一起，创作了这组诗歌。值得一提的是，歌德在创作之初为组诗直白地取名为《中国的四季》，后来到1830年正式发表之际又更名为《中德四季晨昏杂咏》。或许歌德明白，这组诗歌是他对中国传统文化的理解、领悟和接受，难免掺杂本民族文化的影响，所以更名为《中德四季晨昏杂咏》更能体现这组创作是中西合璧的产物吧。

歌德问题专家、著名学者卫礼贤在分析《中德四季晨昏杂咏》组诗的创造过程时表示："总括地说一句，歌德在写这十几首诗时是受看《花笺记》的冲动，心情是很不平静的。他把由那本书里所得到的冲动，放在脑筋里融化组合过。他接受冲动的态度是活的，不是死的。因为他能够鲜活地理解这些冲动，深深地钻进它的幕后，所以他的思想能够和中国的真正精神，直接地深深吻合。"

艾克曼的《歌德谈话录》收录了一段歌德对诗歌及其他民族文

学的看法：

“我越来越认为，诗是人类的共同财富，而且正成百上千地，由人在不同的地方和不同的时间创造出来。一个诗人可能比另一个诗人写得好一点，浮在水面上的时间也长一点，如此而已。马提森先生（注：与歌德同时代的德国诗人）因此千万不要以为，只有他是诗人，我也不以为，只有我是诗人，而是每个人都应该告诉自己，写诗的天赋并非什么稀罕物儿，没谁因为写了一首好诗，就有特别的理由感到自负。显而易见，我们德国人如果不跳出自身狭隘的圈子，张望张望外面的世界，那就太容易陷入故步自封、盲目自满了。因此我经常喜欢环视其他民族的情况，并建议每个人都这样做。一国一民的文学而今已没有多少意义，世界文学的时代即将来临，我们每个人现在就该为加速它的到来贡献力量。但是，我们对外国文学的重视还不应止于某一特定的文学，唯视其为杰出典范。我们不应该想，只有中国文学杰出，或者只有塞尔维亚文学，或者只有卡尔德隆（注：西班牙剧作家），或者只有《尼伯龙根之歌》杰出；而总是应该回到古希腊人那儿去寻找我们需要的典范，因为在他们的作品里，始终塑造的是美好的人。其他文学都只能以历史的眼光看待，好的东西只要有用，就必须借鉴。”

这段著名的论述被视作世界文学到来的宣言。歌德在其中首先谈到了他对诗歌这种文学形式的推崇，认为诗歌是“人类的共同财富”，是不受地域、种族，甚至时间限制的，能够为全人类共享和共同理解的创作形式。其次，歌德预见了片面强调单一民族文学的狭隘，呼吁各国文学应当相互借鉴、相互学习。《中德四季晨昏杂咏》就是不同民族文学相互借鉴与融合的最好实践。《中德四季晨昏杂咏》共有十四首诗，每首诗都不太长，内容也多为景色描写，搭配简短的抒情或者议论，很符合中国古诗词借景抒情、借物言志的风格。歌德在诗中采用了“绿野”“百合”“雾气”“夜莺”等一系列接近中国古诗词意境的意象，组诗内容从时间线上看大致从清晨到黄昏，暗合了春夏秋冬四季的流转，主题囊括了对爱情的歌颂和对人生的思考。

这组诗歌的鉴赏对中国读者来说难度不大，毕竟是仿造古诗词的创作，读起来会有一种似曾相识之感。一般认为，组诗中的第八首韵味最足。不过，诗歌的翻译难度极大，此处摘录的是赵乾龙先生与钱春绮先生的版本。赵乾龙先生采用了五言诗的形式，译后更加还原了歌德仿照中国古诗的初心。钱春绮先生则采用了现代诗的体例，令诗歌更加平易近人。

赵乾龙版本译文：

夜幕垂空降，
万物皆渐隐。
最初现金星，
柔光可迷人。
夜雾多缥缈，
一切皆无定。

夜色多深沉，
湖水平如镜。
遥想在东方，
月华放光明。
柳丝纤纤挂，
戏水起波纹。
卢娜弄清影，
湖面闪啐银。
清凉透眼帘，
渐潜入内心。

钱春绮版本译文：

朦胧的暮色从上空降临，
身边的一切已经遥远；
可是却看到太白金星，
美丽的清光最先出现！
雾霭向着天际弥漫，
万物摇晃于无定之中；
一片黑沉沉的阴暗，
掩映在休憩着的湖中。
这时在东方的天际，

我预感到如火的月光，
鬓发似的袅袅的柳枝，
嬉戏在最贴近的水上。
由于柳影的摇曳晃荡，
月亮的魔光也跟着颤动，
一阵沁人心脾的清凉，
从我眼里钻进了心中。

这首诗大致可以分为两个部分。在第一部分，诗人描写了暮霭沉沉、金星初生的湖面景象。万物模糊在一片雾气当中，夜色笼罩下，湖面一派平静。对应下半部分的“这时在东方的天际”可知，上半首诗描写的应当是实景，是诗人眼前的西方，整体基调比较黯淡、沉寂。到了下半首诗，到了诗人想象中的东方，那里应当是月色皎洁、杨柳依依的，扰动了一湖春水和湖中的月色，沁人心脾的清凉似乎从诗人的眼前钻进了心底。诗人对东方的塑造是明亮、祥和、美好的。眼前的现实世界与想象中的东方世界形成了鲜明的对照：西方与东方、黯淡与明亮、沉寂与静谧，反映了诗人对遥远异域世界的向往。同样一轮明月，将作者所处的空间与想象中的东方串联起来，使诗歌的空间无限拓展，生动地解释了德语中一个对应乡愁（Heimweh）的概念 Fernweh，即对远方的渴望。

《魔王》：歌德最重要的一篇叙事谣曲

《魔王》（德语：*Erlkönig*）是歌德在1782年创作的一首短小精悍的叙事谣曲，原本是作为歌德为奥古斯特大公的母亲安娜·阿玛丽亚女公爵所作歌剧《渔家女》的开场诗。后来，《魔王》被奥地利作曲家弗朗茨·舒伯特编写为同名叙事曲，并因其较高的艺术价值成为舒伯特的重要代表作。

标题中的魔王形象源自丹麦神话，他是一个善于引诱、伤害儿童的金冠鬼王。彼时已在魏玛担任公职的歌德在耶拿逗留时，听闻附近村庄的一位农民父亲为拯救患病的孩子连夜赶到耶拿大学寻医。灵感迸发的歌德将此素材与魔王传说结合，创作出了谣曲《魔王》。耶拿地区至今还矗立着魔王的纪念雕像。

谣曲一词源自拉丁语ballade，又称叙事曲，原本是伴随着舞蹈进行吟唱的押韵歌曲，流行于法国、意大利等地。谣曲通常节奏明快、富有叙事性，而从中发展而来的德国谣曲更是结合了以下元素：抒情、富有音乐性；史诗般的故事讲述镶嵌其中；通常采用戏剧中常见的对话形式；情节完整且常为“生—死”“最大的幸福—最惨重的损失”这样对比强烈、大起大落的设置；跳跃式的描写；等等。

一般而言，谣曲的内容多取材于民间故事、古老传说等。18世纪，赫尔德出版了一部题为《歌曲中的民族声音》的文集，收录了世界各国的民歌和民间谣曲。这部合集为后世许多作家的创作提供了灵感，其中就包括歌德的作品。对比我国的文学史，谣曲十分类似《诗经》中的十五国风。歌德本人也曾表示谣曲这种体裁融合了诗歌、叙事文学和戏剧的特征，能够根据需求在三种形式之间随意转换，谣曲最大的奥妙就在于它的展现方式，这或许就是歌德选择用谣曲创作《魔王》的原因吧。

是谁这么晚在夜风中急驰?
是一位父亲带着他的儿子;
他把男孩紧紧搂在怀里面,
使他更加安全，更加温暖。

“儿啊，什么叫你怕得捂住了脸?”
“爸爸，那个魔王你难道没看见?
魔王穿着长长的袍子，头戴王冕!”
“不，孩子，是一条夜雾在弥漫。”

“可爱的孩子，快跟我去!
我要和你做最好玩的游戏;
五彩的花儿盛开在河岸上,
我老妈有的是绣金的衣裳。”

“爸爸，爸爸，你还没听见?

魔王

魔王他在悄悄给我许愿！”
“别害怕，孩子，别担心！
那是风吹枯叶的沙沙声。”

“乖孩子，你难道不肯跟我走？
我漂亮的女儿们已在把你等候；
我的女儿将围着你跳夜的舞蹈，
唱着跳着你就舒舒服服入睡了。”

“爸爸，爸爸，你还没看清楚，
魔王的女儿藏在那边的暗处？”
“孩子，孩子，我已经看清楚，
那不过是几棵灰色的老柳树。”

“我爱你，你的俊模样叫我欢喜；
你不肯跟我去，我就要使用暴力。”
“爸爸，爸爸，他已经把我抓紧，
魔王啊，叫我浑身痛得要命！”

父亲害怕了，加紧策马飞奔，
孩子在他怀中轻轻地呻吟；
紧赶慢赶，他终于赶到家里，

可他怀中的爱儿已经死去。

杨武能先生的译文基本保持了歌德原文中aabb式的韵律格式，读起来朗朗上口。《魔王》共分八个诗节，每节四个诗行，对仗工整，在极短的篇幅内出现了叙事者、男孩、父亲、魔王四个人物。父亲怀抱发着高烧的孩子在黑夜里疾驰，魔王一再引诱孩子，令其惊悸不止。虽然有父亲不停的抚慰，孩子最终还是在到家之前死在了父亲的怀里。

叙事者在第一诗节用短短四行交代了故事框架，一位父亲骑马穿过黑夜，怀里紧紧地抱着生病的儿子，试图给予他“安全”“温暖”。接下来的二至七节全部都是魔王、男孩与父亲之间的对话，直接引语生动地展现了对话发生时的场景，拉近了读者与故事的距离，读者仿佛置身其中，身临其境。男孩最先发现了魔王的存在，惊惧不已，他向父亲求助，但是父亲却告诉他，魔王并不存在，那只是一条“夜雾”。然而，魔王却在整个第三诗节引诱男孩，许诺他最好玩的游戏、鲜花和金衣。男孩再次向父亲求助，父亲解释说，男孩听到的说话声只是风吹树叶的摩擦声。魔王继续加码，他在第五诗节提到自己的女儿，意图用美色诱骗男孩。男孩惊慌地告诉父亲，他看到了魔王女儿的影子。父亲安慰他，那只是柳树的影子。魔王终于失去耐心，他毫不掩饰自己对男孩的渴望，“你的俊模样叫我欢喜”。魔王已经不满足于引诱，为了得到男孩，他将诉诸暴力。男孩只得呼救，“他已经把我抓紧”，“我浑身痛得要命”。但是父亲这次没有回应他。

最后的诗节又变成了叙事者的讲述，尽管父亲策马狂奔，然而痛苦呻吟的男孩最终还是死在了父亲的怀中。

对于这首谣曲的赏析，最大的分歧点在于，诗中的魔王究竟是否存在？对于这个问题的不同回答令这首谣曲有了不同的阐释空间。

一般认为，诗中的魔王只是男孩在生病高烧时见到的幻象，夜雾、树叶的沙沙声和老柳树的影子合理地解释了男孩口中穿着长袍的魔王、魔王的说话声和魔王的女儿实际为何物。男孩感到被魔王抓紧，十分痛苦，其实是因为病情加重而产生的身体不适。男孩最后因病重死在父亲怀中是合乎情理的结局。这样一来，《魔王》便成了一首由北欧神话改编而来的纪实诗歌。

有研究认为，魔王虽然并非真实存在，但也不仅仅是男孩高烧时产生的幻象，而是具有特殊的象征含义。诗节中“好玩的游戏”“我爱你”“你的俊模样叫我欢喜”等字句不免令人产生与性相关的联想。诗中的魔王正是意图通过诱骗和暴力夺去少年贞操的罪犯。并且魔王用夜雾、树叶和柳树作掩护，父亲没能通过男孩的描述意识到这名狡猾罪犯的存在，男孩最终的死亡则意味着魔王的得逞，少年失去了贞洁。

此外，考虑到魔王用自己的女儿引诱男孩的情节，有学者认为，诗中的魔王象征着不可避开的青春期。魔王先是用游戏、华服诱惑男孩进入他的世界，接着又用少女的陪伴勾引他。“围着你跳夜的舞蹈”，“舒舒服服入睡了”暗示着青春期少年懵懂的性幻想。见男孩始终不为所动，魔王最后用暴力将少年拽进他的王国，这意味着，不论个人意志如何，每个人最终都会不可避免地长大，进入青春期，进入成人世界。虽然父亲将孩子紧紧地搂在怀里，试图给予孩子温暖和安全；虽然父亲在夜色中策马狂奔，但孩子还是离开了。因为每个孩子都将长大，离开父母。

与以上观点不同，也有研究认为诗中的魔王是真实存在的客观物质。首先，《魔王》创作于 1782 年，正是德国文学解放运动——“狂飙突进”运动——的展开阶段，青年歌德也是其中的重要代表。在“狂飙突进”运动中，出身市民阶层的德国作家推崇天才和创造性的力量，主张自由、个性解放，提出了“返回自然”的口号。同时，他们反对启蒙运动对理性的过分强调，更多地从感性认识出发，写作风格大多热烈、大胆。其次，歌德在魏玛公国履行公职时，因政务需要接触了地质、植物学、动物学、光学等自然科学领域，展开过相关研究，因此形成了信赖感官、崇尚自然的自然哲学思想。“自然向谁揭开它公开的秘密，谁便会对它最为相称的阐释者——艺术，感到一种不可抗拒的向往。”因此，歌德笔下的魔王很有可能就是自然隐秘力量的具象体现。而文中的父亲则代表着理性、理智，是一位启蒙者。作为对魔幻力量敏感的一类人，小男孩既能感知到父亲——人类的理性世界，也能感知到魔王——充满诱惑的神秘自然世界的存在。魔王的世界是多彩迷人的，“好玩”“五彩”“绣金”“漂亮”“舞蹈”“舒舒服服”都出自魔王之口，但同时，魔王的世界似乎也是阴暗致命的，充斥着“夜”“暗处”和“灰色”。面对孩子的呼救，父亲无法感同身受，因为完全理性的他感觉不到魔王的存在，父亲只会一味地用理智寻求合理的解释，就像启蒙运动对理性的过分强调，一味地依赖理性解释一切社会想象一样。然而，父亲的启蒙开导没有挽回男孩的生命，孩子的死亡或许警示了我们，理性的作用是有限的，而自然的力量是不可测、无界的。只有顺应生命的本质感受，投入自然、归顺自然，才是正确处理人与自然关系的方式。

《亲和力》：一首关于爱情与伦理的悲歌

《亲和力》（德语：*Die Wahlverwandtschaften*）发表于 1809 年，是歌德晚年创作的一部长篇爱情小说。这部小说难以归入一个明确的文学时期，它既含有魏玛古典主义的特征，也带有浪漫派的色彩。一般认为，《亲和力》与《威廉·迈斯特的漫游时代》一样，属于歌德的晚期作品。事实上，歌德原本计划将《亲和力》的故事穿插在《威廉·迈斯特的漫游时代》当中，但由于完成后的篇幅较长，后来才作为独立的长篇小说发表。

同样以爱情为主题，歌德在《亲和力》中对爱情与婚姻的思考已远远不同于《少年维特之烦恼》的创作时期。标题中的“亲和力”一词原本是化学领域的概念，描述的是一种原子与另外一种原子之间的关联特性。例如，相互聚合的元素 A 与 B 在遇到其他元素 C 与 D 后，亲和力强的元素会相互吸引，聚集在一起，A、B、C、D 四种元素因此面临重新组合的可能，出现 A 与 C，B 与 D 结合的局面，这便是亲和力的作用和影响。而小说《亲和力》正是借这样一个化学概念，暗示了爱德华、夏绿蒂、奥托和奥蒂莉四人之间的情感纠葛。

爱德华与夏绿蒂这对青梅竹马因父母的包办婚姻被迫分开，直到两人富有的前任伴侣先后离世之后才结为夫妇。继承了遗产的他们在乡间过着富足宁静的生活。然而，两人之间的关系更似信任，而非激情与爱。为了帮助好友摆脱困境，同时也为了更好地打理庄园，爱德华打算邀请奥托上尉来自己的农庄居住。不过，夏绿蒂却担心两人平静的生活被打扰，因而有所疑虑。在爱德华的再三劝解下，夏绿蒂做出了让步。奥托来到庄园后，三人起先相处得十分愉快，奥托还和热衷园艺的爱德华一拍即合，计划重新设计庭院。志趣相投的两人无形中忽略了夏绿蒂的感受。为了排解妻子的苦闷，爱德华将夏绿蒂的侄女，也是她的养女奥蒂莉从寄宿学校接回了家中。在夏绿蒂的指导下，奥蒂莉开始负责家中事务的管理。

一开始，夏绿蒂还担心，奥托与奥蒂莉之间会发生什么。然而，随着相处时间的增加，四人之间出现了意想不到的化学反应：爱德华开始与奥蒂莉彼此倾慕，而夏绿蒂则和奥托心心相印。虽然大家都不愿承认，但这种感情却越来越强烈。在某个夜晚，虽然爱德华和夏绿蒂相互依偎，但他们分别在对方的怀里想象着各自爱人的模样。第二天，夏绿蒂和奥托向彼此坦承了爱慕之情。但是出于对婚姻的忠诚，夏绿蒂要求奥托停止对自己的爱恋。另一边，爱德华和奥蒂莉面临着同样的处境。不同的是，激情洋溢的爱德华并不打算掩饰自己对奥蒂莉的渴望和占有欲。夏绿蒂认为，爱德华与她一样能够控制住自己。她建议送走奥蒂莉，让大家的关系恢复到从前。然而，深陷爱情之中的爱德华有了离婚的念头，并且他以为，夏绿蒂也早已与奥托结合。为了防止局面失控，爱德华暂时搬离了庄园。此前不久，奥托也另谋了工作，离开了庄园。

被独自留在庄园的两名女性尝试继续以往的生活。一名年轻的建筑师接替了奥托的工作。爱德华的离开让奥蒂莉痛苦万分，而此时，夏绿蒂发现自己怀孕了，她希望这个孩子能让爱德华回到自己身边。可是，爱德华却对夏绿蒂怀孕的消息感到十分苦恼，只想逃避的他选择参军去前线打仗。同时，夏绿蒂的怀孕让奥蒂莉彻底失去了与爱德华在一起的希望，她变得愈加沉默、内向。庄园的修缮工作还在继续，奥蒂莉帮助年轻的建筑师装饰了村庄教堂的祈祷室，但对于建筑师的示好，奥蒂莉态度坚决地回绝了。在此期间，夏绿蒂生下了一名男婴，奥蒂莉担负起了孩子的照看工作。

一年之后，在战场上屡获战功的爱德华光荣退役。他找到已经升职为少校的好友奥托，请求他说服夏绿蒂与自己离婚。爱德华的计划是，夏绿蒂带着孩子和奥托在庄园生活，自己则和奥蒂莉远游。一番努力之后，奥托答应了爱德华的计划，动身前往庄园，爱德华也按捺不住焦急的心情，紧随其后。年轻的建筑师在庄园内设计了一个人工湖，爱德华在人工湖的岸边见到了带着孩子的奥蒂莉。饱受相思之苦的两人情不自禁地抱在了一起。决意离婚的爱德华将自己的计划告诉了奥蒂莉，但奥蒂莉却认为应当由夏绿蒂决定两人的命运，于是她打算划船抄近道回家告诉夏绿蒂爱德华回来的消息。然而天不遂人愿，心情激动的奥蒂莉在登船时失手让夏绿蒂与爱德华的儿子跌落水中溺亡。善解人意的夏绿蒂并没有因此怪罪奥蒂莉。她同意与爱德华解除婚姻关系，但对于奥托的求婚却不置可否。爱德华原本以为，孩子的离世意味着自己与奥蒂莉结合的最后一道障碍也没有了，但是奥蒂莉却自认是个罪人，打算以放弃爱情的方式赎罪。她深知，自己与爱德华的感情难以磨灭，只能绝食明志，最终离世。失去奥蒂莉的爱德华失去了生的意志，不久也撒手人寰。夏绿蒂将爱德华安葬在了奥蒂莉旁边。

小说人物介绍

爱德华：男爵，少年时与夏绿蒂倾心相爱，但在父亲的安排下被迫娶了一位有钱的妇人。妻子先他离世后，继承了一大笔遗产的爱德华与守寡的夏绿蒂重逢，两人喜结连理，居住在爱德华的庄园内。爱德华热爱园艺、音乐与阅读，热情友善，极为感性且富有激情，是一个浪漫的人。在意识到自己对奥蒂莉的感情后，爱德华决定顺从内心，勇敢追爱。

夏绿蒂：爱德华的青梅竹马，在爱德华另娶他人之后，心灰意冷的她嫁给了一位自己虽不爱，但却敬重的富有男子。丈夫去世后，夏绿蒂与爱德华再次相遇，和谐地生活在一起。虽然两人有时意见相左，但大部分情况下，夏绿蒂都十分尊重和迁就丈夫。即使后来被奥托上尉深深吸引，夏绿蒂仍旧极力自制，坚守对婚姻的忠诚，决然地放弃了与奥托继续发展的可能。面对危机，夏绿蒂试图让一切重回正轨，甚至希冀用孩子挽回爱德华。同时，她也是一位富有爱心、温柔善良的女性。在奥蒂莉初到庄园时，夏绿蒂耐心地指导她操持家中事务，对这位失去双亲的侄女关怀备至。心爱的儿子因奥蒂莉的无心之失溺亡后，悲痛的夏绿蒂没有一味地怪罪奥蒂莉，反而先去开解难以释怀的奥蒂莉。在故事的最后，夏绿蒂已经打算成全爱德华与奥蒂莉，但对于奥托的求婚却没有给予明确的答复。

奥托：爱德华的好友，本来是一名上尉，在小说的第二部分晋升为少校。奥托学识渊博、执行力强，为庄园的修缮提供了许多实用的建议，并在建设庄园的过程中与夏绿蒂惺惺相惜。离开庄园后，奥托一直没有结婚的打算，直到在爱德华的恳求下重回庄园，向夏绿蒂求婚，但却没有得到明确的答复。

奥蒂莉：失去双亲的奥蒂莉既是夏绿蒂的侄女，也是她的养女，原本在一间寄宿学校上学，后被夏绿蒂接回爱德华的庄园居住。奥蒂莉从小隐忍克制，谦和有礼，内向寡言，谦虚无私，处处为他人着想。面对爱德华的示爱，她既无法抹杀自己同样热烈的好感，又觉得愧对夏绿蒂。在爱德华因四人情感纠葛手足无措而投身战场时，奥蒂莉承担起了照顾夏绿蒂及其儿子的任务。以为爱情无望的奥蒂莉在湖边与爱德华重逢，听到爱德华的计划之后，心情激动的奥蒂莉失手使夏绿蒂的儿子跌落水中溺亡。愧疚万分的奥蒂莉打算用爱情与生命赎罪，她绝食禁言，最终离开人世。临终前，奥蒂莉深情地望着爱德华，说道："答应我，活下去！"

米特勒：一位行事古怪，有些滑稽可笑的次要人物。米特勒这个名字在德语中有调解人、中间人的含义，而他本人恰巧就是一位善于调解各种纠纷与冲突的仲裁人。当爱德华与夏绿蒂意见不统一或者爱德华心有困惑时，米特勒就成了裁判。米特勒原本是一位牧师，因善于调解且自学了法律知识，所以将所辖教区管理得很好，甚至曾有人打算邀请米特勒前往宫廷。后来，米特勒中了一大笔钱便退隐田园，随性而活，只在他人需要调解时才见人。

露娴妮：夏绿蒂与第一任丈夫的女儿，在小说的第二部分第五章首次登场，带着未婚夫回到夏绿蒂身边嬉闹了一阵。露娴妮成绩优异，性格张扬，喜爱社交，奔放外向，与课业艰难、谦卑冷静的奥蒂莉形成了鲜明的对比。露娴妮嫉妒奥蒂莉，戏弄建筑师，在庄园举办的一次演出上出尽风头之后离开了。

与《少年维特之烦恼》一样，《亲和力》一经发表便引起了巨大轰动，“书店门前从来也没有这么热闹拥挤过，那情形简直就跟灾荒年间的面包铺一样”。不过，人们对这部小说的评价却是褒贬不一，喜爱它的人认为这是一部含义无穷的艺术杰作，而不满意的人则认为《亲和力》有违道德伦常，是一部“诲淫之作”。总体来说，《亲和力》因其超前的时代意义而未能得到歌德同时代批评家的认可，常被曲解。与《少年维特之烦恼》对爱情与自由的热情歌颂不同，老年歌德在《亲和力》中对爱情与婚姻进行了更加深入冷静的思辨，对当时包含婚姻在内的社会制度提出了质疑。《亲和力》讲述的绝非一个有关出轨与不伦之恋的庸俗爱情故事，而是在理性主义盛行的启蒙时代，对理性的权威与社会现实提出了批判，进行了辩证的思考。歌德曾说，《亲和力》是他最好的一部小说，他在里面藏了许许多多的东西，人们至少需要读三遍才能窥探其中蕴含的复杂含义。的确，《亲和力》蕴含的深刻内涵足以让读者从深浅不等的多层面上理解它，从爱情小说，到伦理小说，再到命运悲剧。小说不仅对彼时的婚姻制度进行了批判，更探讨了人生的局限，表现了人类在恋爱与婚姻问题上带有宿命色彩的命运悲剧。

片段赏析

“我不愿使你们离开眼下的有趣话题太远，”夏绿蒂说，“你们能否简单地给我解释一下，这儿讲的‘亲和力’究竟是什么意思？”

“这我很乐意，”奥托上尉回答正转过脸来望着他的夏绿蒂说，“自然只能尽力而为，把我十年前在学校学的，以及后来从书本上读到的，尽可能告诉你。至于目前科学界是否还这么认为，这是否符合新近的学说，我就说不准啦。”

……

奥托上尉于是开始讲道：

“在我们见到的所有自然物身上，我们都发现它们首先对自身有一种吸引力。这话听来无疑有点怪，因为它是一个不言自明的事实。不过，咱们只有在对已知的事物取得完全一致的理解以后，才能共同朝着未知的事物前进。”

“我想，”爱德华插进来说，“咱们举些例子，事情对于她和我们就变得简单了。你只需想一想水、油和水银，那你便会发现它们的各部分之间都存在一种聚合力，都存在一种联系。除非受了强力和其他影响，它们是不会丧失这种聚合力的。一旦强力和外来影响消失，它们立刻又会聚集起来。”

“那还用说，”夏绿蒂表示同意道，“雨滴都喜欢汇聚成水流。在我们还是小孩子的时候，我们玩水银便惊讶地发现，那些被分成一个一个小珠珠的水银会迅速重新跑到一起。”

……

“您让我先猜一猜，”夏绿蒂说，“看我能否先讲出您的结论。正如每一种东西都对自身有吸引力一样，那么，它与其他东西必定也有某种关系。”

“而这又因自然物的不同而不同，”爱德华抢先往下讲，“它们有的像老朋友和老熟人一样，一碰上就很快聚在一起，不分彼此，但又不改变对方的任何特性，比如酒和水混在一起就是如此。反之，另外一些物质碰在一块儿却形同陌路，不肯亲近，即便你用机械力搅混、摩擦它们，它们都绝不肯结合在一起，例如给摇得混合起来了的油和水，转瞬间又会分开。”

“这些现象虽然简单，”夏绿蒂说，“却差不多反映出了我们所熟悉的人类的情况，尤其是令我想到人们所生活于其中的社会。不过，与这些无生命的物质最相像的却是那些在世界上形成对立的芸芸众生，等级不同，职业各异，贵族和平民，军人和老百姓。”

“可不是吗！”爱德华道，“就像人们由风俗和法律结合在一起似的，在我们的化学世界也有一些成员，它们可以使那些原本相互排斥的物质聚合在一起。”

……

“完全正确，”奥托上尉回答，“而且我们会了解它的全部能耐和特性。那些一碰着就迅速相互吸引、彼此影响的自然物，我们称它们是有‘亲和力’的。拿碱和酸来说，尽管它们的性质相反，或许正好就因为性质相反，所以才相互寻找和强烈吸引，彼此改变着原有的特性，共同构成一种新的物质；在它们身上，‘亲和力’是表现得十分明显的。只想想石灰吧，它对所有酸类所表现的结合的欲望是何等强烈啊！一旦我们的化学实验室布置起来，我们就让您看各式各样的实验。它们将非常有意思，将比所有的词儿、名称和生造的术语都更好地帮助您理解什么是‘亲和力’。”

“请容我坦白告诉您，”夏绿蒂说，“当您称您这些奇妙的物质为亲属的时候，它们在我想来并非那种血统的亲属，而是精神和心灵方面的亲属。在我们人与人之间所能产生的真正友谊，也同样是这样；要知道相反的秉性，往往会使亲密的结合成为可能。现在我愿意耐心等待，等着您把这些神秘的关系实验给我看。我不愿继续妨碍你朗诵，”她转过脸去望着爱德华，“在受了这一番教益以后，我愿更加专心一意地听你念。”

“那不行。你既然引起了我们的兴趣，”爱德华回答，“就别想这么轻易地溜掉；要晓得，正是复杂的情况才最有意思。通过它们，你可以认识不同程度的‘亲和力’，近的，强的，远的，弱的；只有当它们同时引起离异的时候，这种‘亲和力’才更使人感觉有趣。”

“离异！”夏绿蒂失声叫了出来，“这个我们很遗憾在当今世界上经常听到的可悲的词儿，难道在自然科学中也存在吗？”

“当然存在！”爱德华回答，“化学家们甚至有过一个雅号，被唤作制造离异的艺术家。”

“如此说来，现在已不再这么称呼他们了，”夏绿蒂说，“很好。结合是一种更伟大的艺术，更伟大的功绩。一位促成结合的艺术家，在全世界的任何领域中都会受到欢迎。——喏，你们既然已经谈开了，就给我举几个例子吧！”

“咱们马上接着谈上边已提出和讲过的现象，”奥托上尉回答，“例如我们所谓的石灰石，乃是一种或多或少为纯净的含石灰质的泥土，与我们熟知为气态的柔酸融合在了一起。要是把这样一块石灰石放进稀释了的硫酸中，硫酸立刻就会抓住石灰质，与它一起变成石膏；而与此同时，气态的柔酸便逃逸了出来。这里产生了一次分离和一次新的聚合；人们甚至觉得有理由使用‘选择亲和力’这个词儿，因为看上去的的确确是在两种关系中有所弃取，有所选择。”

“请原谅我，就像我原谅化学家们一样，”夏绿蒂说，“可是，在这儿，我永远看不见有什么选择，而只能看见一种自然的必须，就眼前这种情况也几乎看不见；因为归根结底，它也许甚至只是个机会问题。机会制造关系，正如机会制造小偷。至于您说的那些自然物质，在我看来其选择能力完全掌握在把它们弄到一起的化学家手中。一旦它们已经到了一起，那就上帝保佑！在眼前的例子里，使我同情的唯有可怜的柔酸；它还原成了气态，又只得在漫无边际的空中四处飘浮喽。”

“问题只在它自己，”奥托上尉说，“它只要与水结合，就能变成矿泉水，让健康人和病人饮了都神清气爽。”

“听听‘石膏’讲得有多轻松，”夏绿蒂说，“它如今没问题了，变成了固体，有了依靠，不像被赶出去的那一位，在重新找到归宿之前还可能经受许多痛苦。”

“我想必是大错特错了，”爱德华说，“要不，在你的话里，就确实隐藏着一点儿怨恨。老老实实地讲出来吧！在你的眼里，我到头来竟成了石灰质，让奥托这硫酸抓住，离开了你温柔的身边，变为一块冷酷无情的石膏不是！”

“如果良知使你产生了这样一些想法，”夏绿蒂回答，“那我就可以放心了。这样一些充满比喻的谈话挺好，挺有意思；谁不喜欢玩玩以物拟人的游戏呢！不过，人比那些元素要高级一些：当他在这儿大大方方地使用选择和‘亲和力’这些美好的词儿时，他要是能反躬自省，借此机会认真思考思考这些词的分量，那就对了。遗憾的是我却知道很多例子：两个看上去原本亲密无间、难舍难分的人，由于第三者的偶然介入，他们的结合往往就遭到破坏；从那美满的一对儿中，便有一个被驱赶出来，在茫茫人海中漂泊。”

“化学家们倒是殷勤有礼得多，”爱德华说，“他们会再加一个成员进去，使得谁都不落空。”

“对极了！”奥托上尉应道，“这类情况恰恰最有意思，最值得注意，其中的吸引、亲近、分离、结合等等现象，简直可以说是在交叉进行；那迄今结合为两对的四个成员一经碰在一起，便放弃了原有的结合，重新进行新的组合。在这一放开和抓住、逃逸和寻找中，人们相信的确能看到一种比较高级的本能，因此承认那些物质有类似于愿望和选择的特性，认为新造的‘亲和力’这个词是完全有道理的。”

……

“要是您不嫌太学究气的话，”奥托上尉应道，“我就可以用几个符号把话讲得很简单。您设想有一个A，它和一个B是亲密地结合在一起的，亲密得人们想方设法和采用强力都不能使它们俩分开。您再想象有一个C，这个C和一个D的亲密情况也全然一样。现在您让这两对儿发生了接触，于是A突然奔向D，B突然奔向C，叫您简直说不清楚究竟是哪个首先抛弃了哪个，哪个首先和另一个重新结合了起来。”

“好啦！”爱德华抢过话头。“在亲眼看到这一切以前，咱们就把这个公式看成一种比喻，从中得出一点能立刻加以运用的教训吧。你好比那个A，夏绿蒂；我呢，就是你的B。因为我与你原本是那样的相依相亲，如影随形，恰似A和B，那么C呢，显然就是咱们上尉，是他使我很快地疏远了你。
为了不让你冷在一旁，没了依傍，现在合理的做法就是为你找一个D。这D呢，毫无疑问该可爱的奥蒂莉小姐来充当，你会情不自禁地跟她靠拢的。”

——节选自《亲和力》，
杨武能译，河北教育出版社，2015年

爱德华、夏绿蒂、奥托上尉三人之间的这段对话节选自小说的第一部分第四章。此时，奥托已经应邀来到庄园，夏绿蒂正在酝酿接侄女奥蒂莉回家。爱德华喜爱为大家朗读书籍，在一次朗诵会上，夏绿蒂对第一次听到的“亲和力”一词产生了疑问，于是三人就此进行了一番解释和讨论。

这场对话看似寻常，却设计巧妙。此场景中懵懂的夏绿蒂和这部小说的普通读者一样，对来自自然科学领域的专业概念不甚了解，经由奥托和爱德华耐心生动的解释，夏绿蒂不仅窥探到大自然中元素的奥秘，并由此发散到人与人之间的关系，对下一步情节的发展起到了暗示和推动作用。这一段深入浅出的科普对话不仅解答了普通读者对小说标题产生的疑惑，而且展现了歌德作为自然科学研究者的科学素养和文字功底。歌德在魏玛担任公职期间因政务需要先后涉猎了林业、矿业、建筑业等领域，对动植物学、光学、色彩学等自然学科产生了浓厚的兴趣，还发表了不少相关著述。担任耶拿大学总监之后，歌德更是投入了大量的时间和精力进行科学探索，成了一名学识渊博的自然科学家。正是有了这样的积淀，歌德才能在《亲和力》中创新地将化学知识与文学创作完美地结合在一起，在普罗大众尚不具备完善科学知识体系的 19 世纪初，用浅显易懂的方式阐释什么是物质间的“吸引、亲近、分离、结合”和“放开、抓住、逃逸、寻找”。

奥托用平日生活里常见的“水酒难分离”“水油难混合”现象让夏绿蒂意识到了自然界物质之间亲和力的存在。同一物质在面对不同元素时，亲和力有强有弱，并直接点出了小说标题“选择亲和力”，因为在德语中，“亲和力”（wahlverwandtschaften）正是由“选择”（wahl）和“亲属关系”（verwandtschaften）两个词构成的。

夏绿蒂下意识地将刚认识的自然现象融入了人类社会，当爱德华提到亲和力的强弱差异会导致“离异”时，夏绿蒂失声惊叫，评价这是一个“可悲的词儿”。此处作者埋下伏笔，点明了夏绿蒂对婚姻的态度，在她看来，离婚是可悲的，预示了夏绿蒂在明知爱德华心有他属的情况下仍试图挽回婚姻的行为动机，比起离异，“结合是更伟大的功绩”。

与夏绿蒂形成鲜明对比的是爱德华，对亲和力概念深信不疑的他认为一切只是自然发展的必然，他甚至从容地讲道，“这种‘亲和力’（指离异现象）才更使人感觉有趣”，“化学家们甚至有过一个雅号，被唤作制造离异的艺术家”。显然，爱德华在面对亲和力的作用时，更多的是顺应，而非抗拒。

在接下来的故事中，爱德华虽然在明确对奥蒂莉的心意后曾短暂地投身战争以躲避两难处境，但他最终意识到，亲和力的影响是强大自发且不可抗拒的，于是果断地采取行动，主动把握幸福。同样，在石灰石接触硫酸，石灰质放弃柔酸而“选择”硫酸结合成石膏的例子中，夏绿蒂认为这不过是化学家刻意制造的人为分离与破坏，迫使“可怜的”柔酸失去了依靠。夏绿蒂还由此联想到，现实中不少美满的情侣因第三者的介入分崩离析，因此作为比自然物质高级的人类应当反躬自省，规避此种局面的出现。此处印证了夏绿蒂为什么一开始拒绝爱德华邀请奥托上尉前来庄园，因为理智冷静的她力求将一切可能导致婚姻关系失衡的因素排除在外。此时，爱德华提供了一个新的解决思路：“再加一个成员进去，使得谁都不落空”，因而在下一章中，奥蒂莉就从寄宿学校被接回了庄园。

在爱德华把夏绿蒂、自己、奥托和奥蒂莉比作元素 A、B、C、D 的演绎中，小说的核心情节被预告了出来，不过，是带着刻意偏差的揭示：爱德华以为在自己与奥托更加志趣相投的情况下，夏绿蒂会和奥蒂莉一拍即合。但事情的真正走向却出乎了所有人的意料。

歌德在为主要人物取名时颇费了些心思。两个男性角色爱德华和奥托其实都名唤奥托（Otte），为了便于区分，一个时常以身份头衔出现：上尉，一个则只使用名字爱德华（Edward）。巧合的是，两位女性人物的名字夏绿蒂（Charl-otte）和奥蒂莉（Ott-ili-e）当中均含有 Otte 这个名字。如同分子的化学键一样，这或许可以被解读为，夏绿蒂和奥蒂莉都有可能与一位名叫 Otte 的男性结合，但由于上尉与男爵同名，搭配的方案并不明朗。对于这个问题的答案，作者其实在第四章已经给出了暗示：“尽管它们的性质相反，或许正好就因为性质相反，所以才相互寻找和强烈吸引，彼此改变着原有的特性。”奥蒂莉性格内敛，敏感隐忍，与自信大方的夏绿蒂不同，与浪漫冲动的爱德华更是迥异。然而当奥蒂莉来到庄园之后，她与爱德华之间的默契胜过爱德华与夏绿蒂的表面和谐，例如夏绿蒂需要刻意迎合才能在弹奏钢琴时与丈夫的长笛表演步调一致，而奥蒂莉却能轻松地适应爱德华演奏的特殊习惯，配合得天衣无缝；爱德华不喜欢别人在他朗诵时偷瞄自己手中的书，甚至在夏绿蒂这么做时严肃地呵斥了她。而当奥蒂莉无意间试图看清书中内容时，爱德华却自然地把书递向了她；两人就连犯偏头痛的位置都那么相配，爱德华右侧头疼，奥蒂莉左侧头疼。可见，爱德华与奥蒂莉之间的亲和力更加强大。

总结来说，第一部分第四章的这段对话在看似不经意间完成了后续情节发展的铺垫，借助概念解释的契机将自然界与人类社会联系了起来。爱德华、夏绿蒂、奥托和奥蒂莉在对话的末尾被当作四种元素，任由机械的化学规律排布。然而，人类关系的发展究竟是遵循自然界的定律，还是受到理智与法律等社会规则的约束，则是小说留给读者思考的一个问题。

“谁攻击婚姻关系，”他大声嚷着，“谁想通过言语，甚至通过行动，给我把整个道德社会的这一基础破坏掉，我绝不和他善罢甘休。换句话讲，我要是不能说服他，我也绝不会再理睬他。婚姻是一切文明的起点和顶峰。它使野蛮人变得文明起来，除非通过婚姻，不然最有教养的人也无法证明自己是文明人。婚姻必须牢不可破，因为它将带来许多的幸福：一切小的不幸加在一起，与之相比都微不足道。说什么不幸喽，那不过是常常袭扰人的烦躁罢了，一烦躁他就会想：我真不幸。坚持一会儿吧，马上你又会赞美自己的幸福，因为一种存在了那么久的关系仍然继续存在。没有任何理由足以证明非离婚不可。人生的苦乐何其多，哪儿算得清楚夫妻之间到底谁该感激谁。这是一宗偿付不清的债务，只有永远互相偿还下去。有时也可能不舒服，这我信；但是就得如此。难道我们不是和自己的良心也结下了不解之缘，难道我们不是常常也想摆脱它？因为它有时比一个男人或一个女人更叫我们讨厌吗？”

……

仅只在夏绿蒂打听自己一位青年时代的女友时，她听说此人新近刚离了婚，感到十分惊讶。

……

“真叫人烦恼啊，”夏绿蒂说，“自己一些不在身边的朋友，你相信他们早已生活得安安稳稳的，一位自己所钟爱的女友，你相信她的生活一定有了保证，谁料突然间你就不得不听到坏消息：她的命运又处于动摇不定之中，她又被迫踏上了新的，也许是毫无把握的人生之路。”

“可是亲爱的，”伯爵接着说，“我们如此大惊小怪，归根结底还得怪我们自己。我们总喜欢把尘世上的事情，尤其是把夫妻的结合，想象成持久不变的。而涉及婚姻问题，我们之所以产生一些与世态人情大相径庭的想法，就是因为受了那些我们经常观看的喜剧的蛊惑。在喜剧中，我们看见在克服了前几幕中出现的障碍后主人公如愿以偿，终于结成眷属，这当口儿大幕便落了下来。暂时的满足感会在我们心里久久地回响。世界上的情况却不一样，戏将在幕后继续演下去；而一当大幕再次升起时，那演出就将是我们一点也不乐意再去看和再去听的了。”

“情况想必还不至于如此糟糕吧，”夏绿蒂微笑着说，“咱们也看见有那么些人，他们从舞台上退下来后不又心甘情愿地演起新的角色来了吗？”

“这话一点不错，”伯爵回答，“人们是乐意扮演一个新的角色的。而且你只要了解这个世界，就会发现：即使在婚姻关系中，不恰当的也仅仅是要求在这充满变换和动荡的世界上，实现绝对的、永久的稳定。我有一个朋友，他的心绪一好往往便会提出一些制定新法律的建议。他认为：每缔结一次婚姻只应生效五年。他称五是一个美好的、神圣的奇数。说五年这段时间刚好够夫妻俩相互了解，生儿育女，然后分道扬镳；而最美好不过的，又是彼此和解……”

——节选自《亲和力》，

杨武能译，河北教育出版社，2015 年

在小说的第一部分第十章，爱德华和夏绿蒂的好友，一位没有点出姓名的伯爵先生带着爱人来到庄园做客。伯爵的爱人是某位男爵的夫人，伯爵虽然为了爱情艰难地与前妻离了婚，但他尚未与男爵夫人缔结新的婚姻。不过，这丝毫不妨碍伯爵与男爵夫人恩爱有加，在外人眼中俨然一对琴瑟和鸣的幸福伴侣。这种有违社会正统男女关系的生活方式激怒了一向以善于调解婚姻自居的米特勒。米特勒致力于维护传统婚姻的价值，高调宣称“婚姻是一切文明的起点和顶峰”，是区分文明人与野蛮人的唯一标准，“婚姻必须牢不可破”。至于婚姻的感情基石——爱情则无关紧要，即使夫妻在一段婚姻中感到不幸，这种痛苦也只是庸人自扰罢了，“坚持一会儿”就行。婚姻就是夫妻理应互相偿还的债，即使让人感到不舒服也无法摆脱。歌德创作《亲和力》的时期正是声势浩大的启蒙运动席卷整个欧洲的阶段，人们对理性的崇拜达到了顶峰，一切都必须在理性的法庭面前为自己的存在做辩护或者放弃存在的权利。而米特勒的这段宣言正代表了当时社会的主流家庭伦理观。为了家庭的稳固、社会伦理的延续，一切危害婚姻制度的可能都不被允许。作为婚姻调解员，米特勒做出的所有努力都是为了独断式地维系原有婚姻关系的存续，虽然他因此把所辖教区管理得井井有条，但在情感层面，这样的调解是否为人们带去了幸福则无人关心。

与“滑稽可笑”的米特勒不同，虽未结婚，但生活美满的伯爵对社会强求的、恒定的婚姻制度提出了质疑：“即使在婚姻关系中，不恰当的也仅仅是要求在这充满变换和动荡的世界上，实现绝对的、永久的稳定。”伯爵冲破了当时主流思想的桎梏，不认为婚姻关系就应牢不可破，甚至建设性地提出了“每次婚姻只生效五年”的大胆建议。五年之后，感情依旧良好的夫妻可以继续婚姻，而性格不合或者心有他属的男女则可以进行新的选择。他认为这不可谓不是一个解决家庭危机的好计策。在理性至上、主流价值观令每个人用理智克制情感做出选择的时代，伯爵的发言惊世骇俗，将人类天性置于理智之前，肯定了爱情与人性的复杂多变，宣扬了自然感情的神圣。

在节选片段中，米特勒、伯爵与夏绿蒂代表了三种不同的婚恋观。米特勒是不重感情、只重形式的传统婚姻制度的坚定拥趸与维护者，对从一而终的婚姻关系抱有主动而深刻的认同，无时无刻不在宣扬与执行这样的婚姻制度，具体体现在米特勒乐于调解家庭矛盾，反对离婚，鄙视有违正统家庭伦理的一切伴侣关系。讽刺的是，米特勒本人并没有结婚，而且性格孤僻，在别人眼中是一个奇怪的人。

虽然离过婚，但生活幸福的伯爵正好与米特勒相反。伯爵在肯定婚姻形式的前提下，指出了传统婚姻观要求每个人从一而终的不合理之处。伯爵肯定了爱情的无常与人性中非理性因素的存在。面对婚姻的危机乃至失败，或者在婚姻关系内对第三方产生爱恋的情况，理应有正当、合法且不受社会歧视的机制存在，允许人们解除或重组婚姻。伯爵的观点是对理性主义的挑战，反对将人类视作只由理智支配的机器。人类是社会中的人，但也是自然中的人，会像化学元素一样受到强大且自发的亲和力的支配。在理性之外，伯爵肯定了非理性因素的存在和意义，肯定了人类情感的可贵。可以说，歌德借伯爵之口对当时盛行的启蒙理性进行了反思，对落后保守的社会观念进行了批驳，而五年协定这样的婚姻制度即使放在当下仍具有十分超前的意识。

与米特勒和伯爵不同，夏绿蒂是深受传统婚姻观念制约的普通大众的缩影。当听到友人离婚的消息，夏绿蒂十分惊讶，认为友人一定十分悲惨，“处于动摇不定之中”。可见，即使是拥有一定财富与地位的夏绿蒂也对离婚谈虎色变，难以认同。在歌德所处的时代，离婚在上层社会虽已不是罕见之事，但仍属禁忌话题。夏绿蒂与当时的广大普通女性一样，认为婚姻才是唯一的归宿，失去婚姻就意味着不幸，只能孤苦伶仃，无依无靠。对于伯爵的五年协定之说，夏绿蒂根本无意严肃考虑，认定这是戏说，而且极不情愿伯爵继续这个话题。当伯爵提出许多夫妇在婚后并不幸福时，夏绿蒂反驳道，也有很多人能够扮演好新的家庭角色。可以说，深受时代观念影响的夏绿蒂从未质疑过主流价值观的正确性，她是传统婚姻制度的践行者。因此，夏绿蒂虽然与奥托上尉两情相悦，但她仍旧用理智规范着自己的行为，亲手扼杀了两人之间的可能，并且在明知爱德华恋上奥蒂莉的情况下仍旧坚持挽回丈夫，认为这样才算恢复正轨。可是在故事的最后，奥蒂莉与丈夫双双离世，夏绿蒂和奥托虽然活着，但却失去了生活的乐趣。违背内心、谨守理智的夏绿蒂何尝不是理性的牺牲品呢？

歌德曾在自传《诗与真》中表示，《亲和力》记载的事情没有一件不是他的亲身经历。1807 年，已经 58 岁的歌德对出版商弗洛曼的幼女米娜产生了强烈的爱欲。但歌德此时已经与陪伴自己多年的克里斯蒂安娜结婚，并且歌德与米娜年龄相差悬殊，这注定是一段无望的爱恋。受此事触动，备感痛苦的歌德用短短七周的时间就完成了《亲和力》的写作，将“自己的丰富阅历和对人生的观察思考全都写了下来”。《亲和力》绝不是对出轨和不伦之恋的辩白，而是对时代精神及观念的反思，体现出超前的伦理意识与婚姻观念，时至今日仍能给予读者启迪与思考。

《野玫瑰》：青春恋歌

《野玫瑰》（德语：*Heidenröslein*）是一首朗朗上口、意境优美的短诗，收录在抒情组诗《塞森海姆之歌》中。这首诗创作于1770年左右，二十出头的青年歌德正在斯特拉斯堡学习法律，他在一次远足中认识了牧师的女儿弗里德里克·布里昂，并对她产生了浓烈的爱慕之情。《野玫瑰》这首诗便是歌德献给布里昂的诗作中流传最为广泛的一首，记录了一见倾心的少男少女间朦胧炽热的爱恋心情。从创作时期来看，那时的青年歌德大病初愈，从莱比锡转到异域风情浓厚的斯特拉斯堡继续学业，正是意气风发之时，写作风格应当算作"狂飙突进"早期。《野玫瑰》因节奏明快、韵律和谐被许多作曲家谱成了乐曲，其中最著名的当属弗朗茨·舒伯特（Franz Schubert）。关于舒伯特的谱曲过程，还有一段温馨感人的故事。据传，生活并不富裕的舒伯特在路上见到了一个兜售旧书、衣衫褴褛的小男孩。舒伯特心生怜悯，用身上所有的钱买下了那本旧书，原来这本旧书是一本歌德诗集。舒伯特在翻阅时读到了这首《野玫瑰》，顿时灵感涌现，在极短的时间内就完成了这首脍炙人口的民歌。

最早将《野玫瑰》译成中文的是出生于清末，生活在民国时期的音乐学者萧而化先生。他的译文对仗工整，带有文言文之风。

荒郊野生红玫瑰，和露开得花满枝，
艳丽原非为人赏，骄态却被顽童窥，
自古美物为人爱，遭多横夺苦摧折，
玫瑰其耐顽童何。

顽童但求孤意遂，指尖刺破心无悔，
从此容颜落万劫，露滴尽作落泪垂，
自古美物为人爱，遭多横夺苦摧折，
玫瑰其耐顽童何。

从未折花但称心，不解怜花芳心碎，
可叹悲运清晨临，荒郊野生红玫瑰，
自古美物为人爱，遭多横夺苦摧折，
玫瑰其耐顽童何。

但在国内流传更加广泛的版本是与萧而化生活在同时期的翻译家周学普先生创作的译文。周学普的译本在保留了原文优美意境的同时更加贴近现代汉语表达，平易近人。2008 年，台湾爱情电影《海角七号》使用了周学普的第一段译文，搭配舒伯特的曲谱作为配乐，获得了良好的反响，《野玫瑰》在国内的知名度和传唱度也更上一层楼。

男孩看见野玫瑰，荒地上的野玫瑰，
清早盛开真鲜美，急忙跑去近前看，
愈看愈觉欢喜，玫瑰，玫瑰，红玫瑰，
荒地上的玫瑰。

男孩说我要采你，荒地上的野玫瑰，
玫瑰说我要刺你，使你常会想起我，
不敢轻举妄为，玫瑰，玫瑰，红玫瑰，
荒地上的玫瑰。

男孩终于来折它，荒地上的野玫瑰，
玫瑰刺他也不管，玫瑰叫着也不理，
只好由他折取，玫瑰，玫瑰，红玫瑰，
荒地上的玫瑰。

《野玫瑰》全诗分为 3 段，每段 7 行，共 21 个诗行，讲述了一个小男孩对荒地上的一朵小玫瑰不可阻挡的爱情。结合这首诗的创作背景和歌德的生平故事，这朵荒地上的小玫瑰其实就是塞森海姆乡间的牧师之女布里昂。

在诗歌的第一节，小男孩在空无一物的荒地上发现了一朵“盛开”“鲜美”的玫瑰。可以想象在这样单调无趣的荒地背景下，唯一一朵娇艳的红玫瑰必定吸引了小男孩所有的目光，让他兴奋不已。

果然，小男孩一眼就爱上了小玫瑰，抑制不住兴奋的心情，迫不及待地奔跑过去想要看得更加仔细，“愈看愈觉欢喜”。“玫瑰，玫瑰，红玫瑰，荒地上的玫瑰”这两行诗在全诗反复出现，仿佛浅吟不止的叹息，充满疼爱。

如果说小男孩在初见玫瑰时因兴奋与新鲜感对小玫瑰产生了爱慕，那么到了第二诗节，这种爱慕令小男孩对玫瑰的态度从欣赏转变为意图占有，他直白地说：“我要采你。”然而一旦被采下，再娇艳的玫瑰也会枯萎。根据全诗的意境，这句话不可被理解为充满恶意的暴行，而更加像一句善意的警告。对此，小玫瑰只得依靠刺伤小男孩的威胁保护自己。小男孩与红玫瑰在第二诗节陷入了冲突。“玫瑰，玫瑰，红玫瑰，荒地上的玫瑰”变成了执迷的哀叹，充满了无奈。或许，小玫瑰对小男孩也并非无情，不然她也不会说出“使你常会想起我”的话语。但是，即使心中潜藏好感，红玫瑰也不愿意为了小男孩而承受被采下、失去生命活力的命运。

尽管红玫瑰强硬地做出了威胁，但是小男孩在第三诗节还是不顾刺伤摘下了玫瑰，甚至对小玫瑰的苦苦哀求也无动于衷，只好“由他折取”。之后的留白为读者创造了巨大的想象空间，小男孩与小玫瑰之间会发生什么呢。摘下红玫瑰的小男孩起初必定心满意足，得偿所愿，但是日渐枯萎的玫瑰还能长久地得到他的喜爱吗？“玫瑰，玫瑰，红玫瑰，荒地上的玫瑰”或许是每一个初尝爱情的年轻人都难以忘怀的美好吧。

PART 3

歌德的自然科学研究

歌德不仅是一位享誉全球、著作等身的大文豪，还是一位见解深刻的思想家，并且他在自然科学领域也进行了孜孜不倦的探索，留下了不亚于其文学作品的著述。歌德处在一个现代科学开始兴起并蓬勃发展的时代，虽然当时还没有严格的学科分类，但地质学、胚胎学、动物生理学等已经建立起来，歌德在这些科学的基础上通过实践与思辨提出了自己的观点与猜想。得益于从小就接受的全面教育，歌德从未把自己局限在某一学科领域，而是凭借过人的才智、旺盛的求知欲和强烈的好奇心，在繁重的政治工作与不间断的文学创作之外先后涉猎了解剖学、骨骼学、植物学、动物学、地质学、光学等自然科学领域。套用一句现代社会的流行语，歌德称得上是一位多栖发展的“斜杠”人才。

歌德对自然科学的集中钻研开始于 1780 年前后，那时他已经是魏玛公国的枢密院参事，负责民生、矿业、军备、筑路、林业等多项事务。在开展内容丰富的工作之余，歌德对相关自然学科产生了浓厚的兴趣，并借工作之便进行了深入的探究，留下了数量可观的学术文章。不过，歌德与自然科学的渊源可以追溯到少年时代。

法军占领法兰克福之后，入住歌德家的第二位房客——秘书处主任莫里兹先生精通数学，担任过歌德的短期数学老师。他所教授的抽象数学知识对歌德后期的绘图制图很有帮助。因严重咯血从莱比锡返乡的歌德在养病期间，经母亲的好友克勒顿贝格女士的介绍研究起了炼金术，虽然没炼出什么灵丹妙药，但歌德的化学知识增进不少。除此之外，歌德一向愿意亲近大自然，不论是在莱比锡，还是在斯特拉斯堡求学期间，歌德经常独自一人或者与友人一道去山林远足。美妙的自然风光不仅令歌德身心放松，大自然蕴含的无穷奥秘还成为歌德一生的追求。

1777 年，时任魏玛公国枢密院参事的歌德被委任监管伊尔梅瑙矿区的振兴工作。为圆满完成任务，歌德对地质学和矿物学开始了一番研究。他先是与工人们进行了详尽的谈话，汲取前人的经验；接着带领工人们对矿区进行了考察，并借助专业工具采集了许多矿石标本。歌德将这些标本一一带回家陈列起来，闲暇时便仔细进行观察比对，写下过几篇有模有样的学术文章。歌德经过全面的考察与思索后判断，伊尔梅瑙矿区拥有继续开采的潜力。当地的矿区工人都对歌德能做出这一结论表示赞赏。虽然歌德在地质学方面的专业知识有限，伊尔梅瑙矿区后续的铜矿与银矿开采工作也并不十分

有城堡的景色

成功，但歌德在此方面的尝试还是为他之后持续了五十年的自然科学研究活动开了一个好头。

在探秘矿物领域的同时，歌德还在扩充解剖学与生物学方面的知识。1781 年，歌德专程前往耶拿聆听了医学教授尤斯图斯 · 洛德的讲座；1781 年至 1782 年，歌德在魏玛美术学院做过多次关于解剖学的公开报告。某天，歌德将动物头骨与人类头骨作对比观察时，惊喜地发现了当时尚未被广泛认知的人类颌间骨，打破了当时一些教会的断言：有无颌间骨正是区别动物与人类的一个标准。歌德欣喜若狂："我找到了——不是黄金也不是白银——，却让我有说不出的喜悦——人的颌间骨！"歌德与洛德分享了自己的成果，他亲自绘制了解剖图并撰写了论文《上颌之颌间骨人兽相同论》。洛德将论文译成拉丁文，寄给了当时的学术权威、荷兰著名解剖学家坎帕尔。由于种种原因，歌德的研究并没有得到重视，那篇论文最终被收录进洛德的解剖手册。事实上，法国解剖学家维克达齐尔在 1780 年就发现了人类颌间骨的存在，并于 1784 年撰文发表了成果。不过，虽然时间上晚于维克达齐尔，歌德的独立发现仍旧是对其自身勤勉钻研的肯定与回报。

歌德最为世人所熟知的自然科学著述是《植物形态学》与《色彩学》。歌德的植物学研究受到了瑞典自然科学家卡尔·林奈的影响。他在监管魏玛林业发展期间，按照林奈的术语系统对多种植物的自然形态与生长规律进行了观察、分类与研究。歌德还学习使用了显微镜，尝试剖析植物的内部结构。在因政治工作苦闷而逃往意大利旅行期间，歌德也没有忘记自己的植物学研究。歌德曾在 1787 年写道：“遇到这些植物的时候，我关于植物学的奇特想法又变得强烈起来。”从意大利回来之后，歌德为了能将全部精力投入科学文艺方面而卸去了大部分的政务工作，转而担任了耶拿大学的总监。在那之后，歌德专心致力于耶拿大学自然科学专业的扩建，招募了一批有识之士。这同时也方便了歌德的自然科学研究，他能够经常与各领域的人才讨论科学问题，利用学校的实验器具开展精准的实验。耶拿大学旁边还有一座植物园，歌德可以在那里潜心科研，继续自己多年的植物学探索。1790 年，歌德发表了植物形态学方面的著作《植物形态学》。歌德在书中对各种植物的生长过程进行了细致的比对，绘制了大量精细的图片。歌德试图在丰富的样本基础上归纳出一种“原型植物”，自然界多姿多彩的植物形态可以被看作是由“原型植物”遵循一定的规律变化而来。可以说，歌德试图通过对自然现象的直接观察与经验总结来获取一种普遍机制，并将之用来解读植物形态的演变。作为歌德形态学思维的延续，歌德在对植物开展研究的同时，也将动物纳入了观察范围。1806 年，歌德完成了《动物变形记》的撰写。在这本书中，歌德突出了脊椎骨对动物演变的重要意义，并认为各种器官均是由脊椎骨发展而来。

《色彩学》是歌德一生中仅次于《浮士德》的又一巨作，也是歌德最为自信与骄傲的科研成果。这部长达一千多页的巨制耗费了歌德十多年的心血，直到 1810 年才成书出版。歌德对色彩学的研究开始于 1790 年前后。在意大利旅行期间，潜心钻研油画技能的歌德对画作的配色产生了疑问，进而对自然界中的色彩现象产生了浓厚的兴趣。在莱比锡求学期间接触过牛顿物理学的歌德原本对牛顿的理论深信不疑，但歌德用棱镜重现色散实验时并没有见到牛顿笔下的七色光谱。因此，歌德认为牛顿的光学理论不足以令人信服，从而更加坚定了自己开展色彩研究的决心。1791 年到 1792 年间，歌德完成了一些关于光学的文章，收录在《光学论文集》当中，其中就含有对牛顿的尖锐批评。歌德试图从光、色彩、眼睛三者的相互作用中寻求更合理的解释。他认为，色彩是光刺激眼睛的产物，并把色彩划分为生理颜色、物理颜色和化学颜色等。不同的色彩是同一个完整色环的组成部分，它们之间相互对立，又相互衍生。歌德对自己的色彩理论非常重视，看得比自己的文学作品还重要。在《色彩学》出版之后，歌德并没有停止对颜色的思考，连在生命的最后一段时光，歌德还在与他人通信讨论彩虹现象。歌德曾自豪地对助手艾克曼说："对于我作为诗人所达到的一切，我一点也不抱幻想。在我这个时代有许多杰出的诗人，在我之前有过更加杰出的诗人，在我之后还会有更加杰出的。但是一个世纪以后，在色彩学这个艰巨的领域，我将是唯一正确的。"虽然歌德对牛顿的挑战被后世更加先进的科研水平证明是失败的，但歌德对色彩学研究倾注的热情与心血，在此过程中展现出的求真精神与不懈努力却是不容置疑的。

除歌德在世期间发表的几部科研著作和一些论文以外，歌德还留下了大量未发表的实验报告、研究提纲、文献摘引、插图、关于自然科学研究的通信、日记和谈话等等。歌德 1775 年应邀前往魏玛时，只带了轻便的随身行李，而当他于 1832 年在魏玛辞世时，却为世人留下了 341 箱手稿、17800 块岩石和矿物标本、9000 张图画、4500 件宝石制品、8000 册图书、大量油画、雕塑与自然科学藏品。并且歌德从不满足于在某几个特定领域进行研究，只要有机会、有条件，歌德便会保持好奇，勇于尝试，例如歌德还曾表达过对天文学的向往。

与生前就享誉欧洲的文豪歌德相比，以自然科学家身份登场的歌德似乎并不起眼。除获得了部分青年科学家以及少数友人的理解，例如洪堡兄弟和席勒，歌德的研究成果几乎无一例外地遭到了同时代自然科学家的漠视或者否定，歌德在世时仍有大量研究资料没有发表的部分原因也在于出版商对此根本不感兴趣。即使是表示支持的青年科学家和友人，也并非赞成歌德的所有观点。他们中部分人的支持可能更多的是出自对歌德其人的赞赏与尊重，而并非完全是出于对歌德笔下科学事实的肯定与认同。

不仅歌德在世时如此，甚至在歌德逝世后很长一段时间，歌德的自然科学研究都没有得到足够的关注与讨论。这一方面是由于歌德的研究活动确实没有带来对自然科学发展而言较为重要的成果，甚至其中还不乏一些谬误。另一方面，没有接受系统自然科学研究方法的歌德不局限于传统的研究模式，而是从个人对自然的理解出发进行探究。这种通过经验总结得出猜想结论的研究手段难以得到讲求严谨实验与客观数据的自然科学家的认同。难免有人会认为，身为作家与思想家的歌德只是把他浪漫主义的哲思带进了自然科学领域而已。当歌德被塑造成伟大的民族文化英雄得到广泛接受与深入解读之时，相关学者也只是将目光聚焦在歌德的文学创作上，对于歌德的自然科学研究要么只字不提，要么一笔带过。直到 20 世纪早期，歌德的自然科学研究活动才被学界重新发现与评估。通过对歌德自然科学研究与文学创作之间关联的探索，对歌德自然科学著述中蕴含的思想与科学语言的解读，歌德的自然科学研究活动获得了新的意义与价值。

诚然，歌德在自然科学领域的探索没有取得像文学创作那样令人瞩目的成就，但却不能就此否认歌德进行科学研究活动的意义以及自然科学家歌德带来的积极影响。与文学创作一样，自然科学研究是歌德生活中不可或缺的一部分，甚至在担任魏玛公国枢密院参事前期，歌德对自然科学研究投入的热情与精力远远超过了文学创作，出现了一小段文学低产时期。歌德的研究活动大多从生活实践遇到的问题出发，以兴趣为导向，以自身对自然的理解为基础，并结合一定的逻辑推演与实验方法。歌德时刻保持着好奇心与求知欲，对自然科学的研究并不是他偶尔为之的特殊爱好，而应当被视作歌德丰富思想的延续。例如歌德在《植物形态学》中提出的植物形态的演变观点就与歌德认为人类社会应当循序变革，而非革命的想法互相呼应。同时，歌德的自然科学研究经历对他的文学创作也产生了深刻的影响。且不说歌德曾在《植物形态学》完成八年之后创作了一部同名哀歌，从歌德晚期的小说《亲和力》的标题中，人们也能窥见歌德在创作当中流露出的自然科学思维。在歌德的自然科学家身份得到重视与认可之后，学界对歌德自然科学研究活动的探讨与解读逐步深入。如今，人文学科出身的歌德研究学者倾向于从文学、哲学、历史和文化的角度研究科学家歌德与自然的关系，而从事自然科学的歌德研究学者则主要关心歌德在科学史上的影响与接受，以及歌德的自然研究方法与现代自然科学的关系问题等。

自然科学家歌德留给后世的并非颠扑不破的公式、原理或法则，但他敢于挑战权威的勇气，不断求真、潜心钻研的科学精神直到今天也能给人以无穷的激励，正如歌德曾说过的，“人类和科学应当永远向前”，“理论是灰色的，而生命之树常青”。

PART 4

歌德接受史

作为享誉世界文坛的伟大作家，歌德已经成为最能代表德国文学、德国文化以及德国民族精神的图腾式人物。类似中国的孔子学院，德国向外传播本国语言与文化的机构便是以歌德的名字命名的——歌德学院。巧合的是，近代最早一批接触歌德作品的中国学者都曾在歌德身上找到孔子的影子，如辜鸿铭、郭沫若等。然而，歌德其人及其作品在不同的历史时期得到的评价不尽相同，有些甚至完全相反，歌德成为德国精神象征的“封神之路”并非一路坦途。但无论是赞赏或批判，还是肯定或否定，都彰显出歌德思想的深邃与广博，他的作品不论在哪个历史阶段都值得社会关注，并产生效用。赫尔曼 · 格林曾经写道：“在路德后的时代，除了歌德没有一个诗人或思想家在如此多的领域里同时发生影响。”没错，歌德是一位伟大的作家、诗人、戏剧家。纵观歌德之后的德语文学艺术发展，许多知名作家、哲学家乃至音乐家都从歌德的文学、美学思想或者作品中获得了创作思路以及直接素材，例如弗里德里希·尼采、霍夫曼斯塔尔、托马斯·曼、赫尔曼·黑塞、马丁·瓦尔泽、舒曼、马勒等。同时，歌德也是一位活跃的自然科学家与思想家，歌德丰富的人生经历与精神活动决定了人们对他的接受虽然将以文学领域为主，但必定超出文学的范畴。

歌德在世期间，帮助其第一次走进公共视野的作品是1773年的戏剧《葛兹·冯·伯利欣根》。仅隔一年，小说《少年维特之烦恼》的发表更是让歌德走出德国，蜚声欧洲文坛。这两部作品集中反映了这一时期德国资产阶级突破藩篱，摆脱旧俗，反叛陈腐，建立革新自由新世界的要求，青年歌德也因此成为德国“狂飙突进”文学运动的先锋代表。铁手骑士葛兹在歌德笔下被塑造成拥有强烈阶级意识与反抗精神的民族英雄，而维特则强烈痛恨现存秩序的压迫与束缚，渴求挣脱与改变。

可以想见，这两部作品一经问世就受到了“狂飙突进”派作家以及激进青年的热烈欢迎。赫尔德盛赞《葛兹·冯·伯利欣根》题材的民族性和文学处理方式的反传统性决定了这部作品必将引起轰动；诗人比尔格尔也为《葛兹·冯·伯利欣根》呐喊：“这是一部完全德意志的题材。”除“狂飙突进”派作家以外，维兰特等老一辈作家也给予了这部戏剧高度评价。与此相对，教会、封建统治力量，甚至启蒙主义者对歌德发起了批评和责难，例如普鲁士国王弗里德里希二世贬低《葛兹·冯·伯利欣根》是“一部仿效恶劣的英国戏剧（指莎士比亚剧作）的可憎作品”，启蒙运动后期的代表莱辛因为歌德在创作上打破了亚里士多德的古典规则而对《葛兹·冯·伯利欣根》表示不屑。

1774年，《少年维特之烦恼》引起的轰动与争议范围更加深远。小说不仅在德国，而且在全欧洲掀起了一股“维特热”。《少年维特之烦恼》的发表被看作是德国民族文学发展史上的一个划时代事件，它在欧洲范围内为德国文学赢得了声誉。许多青年读者在维特身上找到了共鸣，不仅维特的装束风行一时，甚至有一些脆弱的年轻人效仿维特走上了自杀的道路。教会和宫廷借此发难，批判《少年维特之烦恼》教唆年轻人堕落、自杀。因此在意大利、丹麦以及德国的莱比锡，《少年维特之烦恼》遭到了审查与焚毁。启蒙主义者对《少年维特之烦恼》的指责则集中在维特过于叛逆和情绪化，偏离了启蒙主义所崇尚的理性。

1775年，歌德应邀来到魏玛公国并担任了枢密院参事。在此之后，他把大部分的时间和精力都用于处理政事，以及进行自然科学研究，歌德的文学创作进入了一个沉寂期。在公众眼中，这位曾经写出过优秀作品的作家已经销声匿迹。登上政治舞台的歌德在思想方面有了较大的转变，这让他与“狂飙突进”时期的好友产生了分歧。从意大利旅行归来之后，歌德与好友席勒一同开创了德国古典文学时期。两人在1795至1796年间挑起了一场讽刺短诗之战，他们在四百多首两行诗中挖苦和讽刺了德国文坛的一些怪象。借助这些短诗，歌德与席勒表达了自己的哲学、美学观点以及对社会、政治、科学的态度。短诗的发表引起了德国文坛的震动，沉寂许久的歌德又重新回到了文学战场。随后，歌德相继完成了小说《威廉·迈斯特的学习时代》和叙事长诗《赫尔曼与窦绿苔》。《威廉·迈斯特的学习时代》没能引起多大反响，不过《赫尔曼与窦绿苔》受到了读者的广泛欢迎，算得上是歌德继《葛兹·冯·伯利欣根》与《少年维特之烦恼》之后最成功的一部作品。席勒去世之后，备感孤独的歌德虽然依旧笔耕不辍，完成了《亲和力》《西东合集》《浮士德》第二卷等，但总体来说，作品并未引起广大读者的共鸣，部分书籍甚至销售惨淡，“他的名字虽然人人皆知，但他的作品却只有一小群内行人熟悉”。在这群熟悉歌德作品的内行人当中，浪漫派作家尤其值得一提。与歌德是同代人的德国浪漫主义作家，其中不少还与歌德有过私交，例如施莱格尔兄弟、诺瓦利斯等。早期浪漫派对歌德极度推崇，他们是德国最早一批崇拜歌德的推进者。但随着浪漫派的发展，浪漫派的美学纲领与歌德的分歧与矛盾越来越明显，尤其歌德后期的两部“威廉·迈斯特”小说成了晚期浪漫派批判的对象。虽然对歌德的态度经历了从推崇到责难的转变，浪漫派仍旧大大推进了歌德作品的接受度，这群熟悉歌德作品的精英分子树立了歌德在德国文坛的地位，他们对歌德作品的阐释与定性为后人的研究奠定了良好的基础。

从歌德 1832 年逝世到 1871 年德意志第二帝国建立的四十年，是歌德接受史上的一个低谷期。虽然歌德的好友和追随者仍在不遗余力地维护着歌德的声誉，他们继续开办歌德在世时主持的杂志，撰写文章与专著介绍歌德，例如歌德私人助理艾克曼整理发表的《歌德谈话录》。但总体来说，对歌德的攻击才是一种时尚，甚至形成了一种思潮，当时还出现了一个专有名词，叫“反歌德主义”（Antigoethesmus）。这一局面的出现与当时德国四分五裂的政治格局以及日益尖锐的社会矛盾有着密切关联。19 世纪 30 年代，德国文坛出现了一批思想激进的青年作家“青年德意志”。他们呼吁革命，呼吁社会变革，敌视欧洲的复辟时代和现存秩序。他们视文学为社会斗争的工具。在他们眼中，虽然歌德在年轻时曾创作出具有反抗斗争精神的《葛兹 · 冯 · 伯利欣根》《少年维特之烦恼》等作品，但老年歌德却堕落成了一个政治保守、歌颂奴性的贵族，阻碍人民走向自由。在 1848 年德国资产阶级革命失败的阴影下，歌德诞辰百年的纪念日悄无声息地就过去了，这个原本值得庆祝的特殊日子恰恰标记了歌德在本民族声望的最低点，“它下降到被忽视甚至被蔑视的程度”。

随着 1871 年德意志第二帝国的建立，歌德遭受冷遇的局面得到了彻底的扭转。在俾斯麦的推进下，威廉一世统治的德国很快实现了政治、经济以及军事方面的强大。为了匹配自己的强国地位，刚刚实现民族统一的德意志帝国有着强烈的文化建设需求，这个正处于安定与发展阶段的新兴国家需要一个文化上的代言人来引领国内逐渐高涨的民族主义。正是在这样的背景下，歌德成了时代选择的德意志民族精神之父。而对此起到深刻推进作用的三大事件分别是赫尔曼 · 格林的歌德讲座、歌德协会的成立和毕肖夫斯基《歌德生平和创作》的出版。

赫尔曼·格林是著名童话编写者格林兄弟当中威廉·格林的儿子，他的家族本就与歌德有着千丝万缕的联系，因此赫尔曼·格林从小就耳濡目染地接触并熟悉了歌德的各种资料。1874至1875年，赫尔曼·格林在柏林大学开设了有关歌德的讲座，对歌德的生平以及作品进行了详细的介绍与阐述。这部内容翔实、细节动人的讲稿主要着眼于歌德在民族历史进程中发挥的作用，满足了当时德意志第二帝国对精神力量的追求。因此讲稿受到了普遍的重视和广泛的欢迎，发表之后经历了多次重版。

1885年，歌德的最后一个后裔去世了，他把歌德的住宅连同所有文稿、收藏全部捐献给了魏玛公国，这直接促进了歌德协会在魏玛的成立。1885年7月，歌德协会通过报纸宣告了成立协会的宗旨与目的："随着新的德意志帝国（成立），一个伟大的民族的和政治的思想方式到来了。对于这种思想方式来说，那些偏见和狭隘不再存在了，在过去的几十年里它们大大地阻塞了对歌德的正确认识和尊敬。一个伟大的民族国家懂得如何去珍视它的一个最伟大的诗人的完全价值。"歌德协会的一项重要工作是整理出版权威的歌德著作。从1887年开始，到1919年结束，歌德协会完成了共133卷的歌德全集，又称为"魏玛版"歌德全集，直到今天它仍然是最富权威的版本。同时，歌德协会的另一项重要工作是出版歌德年鉴，每期年鉴均刊有学术文章、新发现的歌德书稿以及歌德研究的情况。此外，协会每年还会组织学术聚会，邀请不同的学者、作家、艺术家等举办关于歌德的学术报告。歌德协会开展的各项工作，包括开放歌德博物馆、保管歌德遗产、整理出版歌德著作等，有力地促进了歌德研究和歌德学的发展，大大推动了德意志帝国对歌德的崇拜。

这一时期，有关歌德生平的传记也逐渐丰富起来，其中传播最为广泛、影响最为深远的是毕肖夫斯基的两卷本《歌德生平和创作》。毕肖夫斯基撰写这部传记的宗旨是塑造一个能够让人景仰、代表德意志精神生活的歌德形象。这个歌德形象不局限于文学领域，歌德作为政治家、外交家以及自然科学研究者的活动也得到了关注，歌德“作为人比作为诗人更伟大，他所生活的比他所写的更美”。毕肖夫斯基的《歌德生平和创作》满足了当时知识阶层了解歌德的需求，也顺应了市民阶层附庸风雅的虚荣心，影响了整整一个时代的德国资产阶级对歌德的解读。随着帝国对歌德崇拜的兴起，人们对歌德生平和著作阐释与研究的深入，一门关于歌德的新学问诞生了——“歌德学”（Goethephilologie），包括歌德的自然科学研究活动也得到了学界的关注和接受。

1918 年一战的失败让德国再次面临政局动荡、经济衰退、社会矛盾突出的局面。在一片纷乱之中，魏玛共和国成立了。然而这个年轻的共和国根基并不稳固，战争遗留的诸多社会问题都亟待解决，政治体制、社会生活纷繁杂乱，文化领域同样如此。这时执政的社会民主党再次将歌德推到前台，试图用歌德引领一种新的国家精神。执政者从《浮士德》第二卷和《威廉·迈斯特的漫游时代》

中解读出歌德与民主之间的关联，不断强调歌德作为“整个民族的领袖”的地位。然而，激进的左派作家对政府的代言人歌德充满抵触情绪，他们对歌德进行了激烈的批判，认为其所代表的古典文学业已过时，不适用于现代社会。总体来说，这一历史时期对歌德的接受早已超出文学的范畴，歌德变成了各方社会力量表达政治诉求的博弈手段。

在这样的背景下，1932 年歌德逝世百年的纪念日虽然在官方和文化界掀起了轰轰烈烈的热潮，但却未能引起广大民众的关注与反响。等到希特勒上台之后，歌德的政治化更加严重，他的作品内涵遭到了极大的歪曲，歌德所代表的人道主义精神也遭受了前所未有的阉割。为了鼓吹狂热的民族沙文主义，法西斯对歌德的作品大肆曲解，把具有广泛社会知名度与影响力的歌德打造成了歌颂日耳曼高贵民族的先驱，而歌德赞美人类、提倡民族间交流与友谊的思想则被漠视、被扭曲。当然，即使在黑白颠倒的第三帝国，仍有一批坚守良知的流亡作家以及学者通过对歌德作品的纯学术性研究对纳粹宣传的歌德形象进行消极抵抗。因而这一时期的部分歌德研究成果在战后仍旧具有不小的学术价值。二战结束之后，东西德的分裂、政治体制的对立虽然使得民主德国和联邦德国对歌德的解读有了立场上的分歧，但总体来说，歌德及其作品在二战期间遭受的不公对待得到了纠正，歌德重新以一种积极正面、具有人文关怀与家国情怀的民族精神塑造者的形象引领了战后德国文化的重建，为这个沉浸在创伤与迷茫中的民族带来了团结与自省的力量。两德统一之后，一度式微的歌德学愈加繁荣起来，人们对歌德的解读视角更加全面，不仅歌德的生平与作品，他的自然科学活动、思想史的发展等也得到了研究者的重视。同时，新的文学文化理论与研究范式的出现也为歌德作品的解读带来了全新活力。并且随着世界局势的逐步稳定与开放，各个国家间的文化交流日渐频繁与紧密，歌德的影响也随之扩展到欧洲、亚洲乃至全世界，成为人类共同的文化财富。

谈到歌德在中国的译介、研究与接受，最早可以追溯到洋务运动时期。意识到清朝大大落后于西方的局面，主张中学为体、西学为用的洋务派选派了一批官员和青年前往欧洲与美国考察留学。据钱钟书考订，一位名为李凤苞的出洋官员在自己的《使德日记》中介绍了歌德及其作品《少年维特之烦恼》的情况。虽然日记当中的信息并不完全准确，但这应当是第一份有关歌德的中文记录。而真正懂得歌德的第一位中国人则是早期留洋青年辜鸿铭。精通德语的辜鸿铭能够流畅地用德语交流，因而他对歌德的了解不只是停留在文学作品层面，而是对歌德的思想也有着自己的解读。以思想保守著称的辜鸿铭曾撰写过《中国对欧洲思想的抗拒》来维护传统儒学，但歌德却是他唯一推崇的欧洲圣贤。辜鸿铭多次在自己的文章中援引歌德的话语，将浮士德精神概括为自强不息。当然，辜鸿铭援引歌德的最终目的是佐证和支撑孔子学说，因此他的解读也存在偏颇之处，但仍不失为对歌德研究的有益探索。洋务运动的失败让处于探索中的中国人意识到，仅仅学习西方的科学技术是不够的，还要在思想上进行革新。因此在辛亥革命前后，歌德的作品片段以及诗歌被译成了中文，例如马君武翻译的小说《少年维特之烦恼》片段、诗歌《迷娘曲》，苏曼殊翻译的短诗《沙恭达纶》，王光祈、应时翻译的叙事谣曲《魔王》。随着歌德作品中译本的出现，介绍歌德本人情况的中文传记也几乎同时问世。据歌德研究专家杨武能教授考证，1903 年一部名为《德意志文豪六大家列传》的书中有一篇长达 5000 多字的《可特传》，这应当是第一部中文歌德传记。除此之外，越来越多的论著谈及歌德，比如王国维曾在《红楼梦评论》中称赞歌德的《浮士德》（彼时译作《法斯特》）是“宇宙之大著作”。同年，他还发表了一篇杂志文章介绍了德国文豪歌德和席勒。鲁迅也曾称赞歌德是“日耳曼诗宗”“德诗宗”。可以看出，在歌德作品尚未完整系统地进入我国时，已经有相当一部分文化界人士对歌德及其作品十分推崇。除了歌德本身的文学成就之外，这也和《浮士德》等作品中传递出的求索精神有关，与《少年维特之烦恼》体现的反抗世俗的精神有关。王国维等人希望能够借歌德的作品启发民智、改变国民的精神风貌。

到了五四时期，中国的先进知识分子为了打破封建礼教的沉重枷锁，解放国民的落后思想，掀起了轰轰烈烈的新文化运动。为了改良文学，以胡适为首的新青年们提倡并推动了西方文学进入我国的步伐，歌德的译介与研究也在此时达到了第一次高潮。

首先是 1922 年由郭沫若翻译的《少年维特之烦恼》一书收到了极其热烈的读者反响，如同在 1774 年的欧洲，在 1922 年的中国掀起了一股维特热，维特成了许多青年心中的偶像、知己，他们希望能和维特一样冲破世俗的束缚，追求自由和个性。当时的评论界也对郭沫若的译作评价很高。在这之后，歌德的重要作品几乎全部被译成中文，有的作品还不止一种译本，仅《浮士德》就有 4 种、《威廉 · 迈斯特的学习时代》有 3 种，人们耳熟能详的歌德译者除郭沫若之外，还有郑振铎、成仿吾、张威廉、梁宗岱、冯至等。虽然德语文学在当今中国不及英美文学、法语文学引人注目，但在近代中国，德国作家却是最受当时知识分子喜爱的对象。值得一提的还有收录了田汉、宗白华与郭沫若三人书信的《三叶集》。这本小册子虽然只是三人在 1920 年 1 月至 3 月往来书信的合集，但其中的内容几乎全部围绕歌德及其作品、思想展开，并同时展现了田汉、宗白华、郭沫若对当时一些社会问题的看法。这本小册子不仅记录了他们三位中国现代杰出作家早年思想发展的轨迹，而且验证了歌德在中国近代知识分子心中的崇高地位，证实了歌德对中国新文学发展初期的影响。1932 年是歌德逝世 100 周年，借此契机，国内举办了许多纪念歌德的活动，主要以报刊文章、特刊、特辑为主，这些文章后来经过挑选，被编成了《歌德之认识》和《歌德论》两个文集。

到了抗日战争时期，受战争的影响，歌德的译介与研究也受到了阻挠，不过仍有杨丙辰翻译的《亲和力》、郭沫若翻译的《赫尔曼与窦绿苔》与《浮士德》下卷问世，以及冯至的歌德研究专著《歌德论述》，冯至甚至还在西南联大开设过“歌德”“浮士德研究”“歌德与苏黎世”三门课程。

新中国成立之后，受意识形态以及国内局势转变的影响，外国文学不如五四时期那般受到追捧，歌德的译介也陷入停滞，到了“文革”时期甚至被视作“封资修”一列，许多珍贵译稿也被迫付之一炬。好在“文革”结束之后，随着国门再度打开，文学领域又进入百花齐放的繁荣局面，歌德作为最负盛名的德国作家，其作品翻译、重译以及相关研究也逐渐恢复，甚至更胜从前。时至今日，《少年维特之烦恼》《浮士德》仍是歌德知名度最高的作品，译本版本多达百种，深受读者与评论界推崇的当属钱春绮先生的译作。歌德研究也越来越深入、广泛，其中杨武能教授因其对歌德翻译与研究所做出的突出贡献获得了联邦德国大十字勋章。为了让中国读者全面了解歌德著述，上海外国语大学在卫茂平教授的主持下开展了歌德全集的翻译工作。相信在未来，歌德将一如既往地充当中德文学交流、文化交流的纽带与桥梁。

PART 5

歌德经典名段选摘

作为阅历丰富，涉猎广泛，善于思考，勤于创作的大文豪、思想家，歌德在自己的作品中和与他人的对谈中留下了许多振聋发聩的至理名言。这些短小的语句凝结了歌德对人生、艺术、爱情、社会、科学等话题的思考。尽管歌德生活的时代距今已过去数百年的时间，岁月变迁，沧海桑田，但我们仍能从这些闪耀着大师智慧的经典语录中获得珍贵的启示。

谁若游戏人生，他便一事无成；

谁若不能主宰自己，他便永远是一个奴隶。

想要批评指点四周风景，
首先要爬上屋顶。

智者和愚人都没有害，
最危险的是智愚参半。

一个人如何能够认识自己？
绝不是通过思考，而是通过实践。

今天所做之事，勿候明天；

自己所做之事，勿候他人。

要做一番伟大的事业，总得在青年时期开始。

你若失去了财产——你只失去了一点儿。

你若失去了荣誉——你就丢掉了许多。

你若失去了勇敢——你就失去了一切！

才能在寂静中造就，

而品格则在世间汹涌的波涛中形成。

凡是没有就着泪水吃过面包的人

都不懂得人生之味。

仍然拥有的仿佛从眼前远遁，

已经逝去的又变得栩栩如生。

如果一个人不过高地估计自己，
他就会比自己估计的要高得多。

未曾哭过长夜的人，
不足以语人生。

就算要出卖灵魂，
也要找个付得起价钱的人。

阳光越是强烈的地方，

阴影就越是深邃。

自由与命运

只垂青每天努力的人。

欲得到你喜欢的东西，

应先学会喜欢你已有的东西。

我绝不会再像以前一样，

把命运加给我们的一丁点儿不幸拿来反复咀嚼，

我要享受现时，

过去的事就让它过去吧。

光有知识是不够的，

还应当运用；

光有愿望是不够的，

还应当行动。

真理属于人类，

谬误属于时代。

只有曲折的道路

才能带你攀上顶峰。

年事渐长，

就应该比青年时期更多地工作。

自命博学的人常常就是骗子，

而且是最恶劣者。

重复一个真理已经失去魅力，

但是重复一个谬论就完全丑恶了。

礼貌，

是照出每个人自身姿势的镜子。

在人类善良的灵魂里，
隐藏着自然的珍贵情感。
它并不是只追求自己的幸福，
而是在别人的幸福中，
不断追求自己的幸福。

与其喜欢有益的错误，
还不如喜欢有害的真理。
真理或许会带来痛苦，
但它也可以治愈痛苦。

我是一个敢作敢当的有为青年。

我不会在背地里道人长短；

我会为了行善去为任何人服务，

而且这些行为我会始终如一地贯彻。

正确地了解一件事并实现它，

比做一百件事却半途而废，

更能给予我们高度的教养。

我们究竟应该以什么为目标？

了解且不轻视这个社会。

直视现实，

心里将产生真正的理想。

弄错第一个扣子孔的人，

一定不能扣完全部的扣子。

防患于未然，

否则事后事情会更复杂。

播种之后，

收获就不是难事了。

距离目标越近，

困难越大。

古谚有云：“万事开头难。”

其中的意义不一定就是真理。

但是，一般而言，万事开头易，

到达最后阶段时才是最困难的。

而且，能真正完成的人少之又少。

在所有小偷中，傻瓜算是最恶劣的。

因为他们从诸君身上偷走了

时间与心情这两种东西。

没有任何东西的重要性

能胜过一天的价值。

最高的幸福是——修正我们的缺陷，

并补偿错误的幸福。

喜悦中的烦恼与烦恼中的喜悦，

形影不离。

所有的理论都是灰色的，

而生命之树长青。

人类经常迷失自己。

在迷失的期间，经常是什么都想要。

不能将爱人的缺点当成优点的人，

就不算在恋爱。

当气氛凝重，

警觉到现代的悲惨，

心里总是觉得世界末日近了。

灾祸会一代一代累积。

我们不能只烦恼祖先的罪恶，

因为千古以来的罪恶及这一代自己的罪孽，

都会降临在后代子孙身上。

人类并不是完全照着先天与生俱来的禀赋生活着，

还必须经过后天的栽培，

才能继续生存。

世间永远不变的，是真爱。

即使给予一切诱惑，

它也一概拒绝，永远不变。

人类最大的功绩就是尽可能不受外界支配，

并尽可能支配外界。

这个世界在我们面前，

就像大型的采石场在建筑师面前一样。

建筑师的本领就在于

利用这些偶然形成的自然大石块，

尽可能符合经济与完成目标的条件，

小心谨慎地完成自己心目中的理想模型。

在我们外部的一切东西……

不！应该说是在我们周遭的一切，

都只是材料。

但是，在我们的内心深处，

有一股创造美好事物的创造力。

不管将这些材料放在外部，

或把它放在身体周遭，

所表现出来的都是这股永不停息的创造力。

说到无知，

那我们对于太阳、月亮、星星而言，

还真是个什么都不懂的小孩。

但是，当我们抬头仰望，

看着它们有规律且不可思议地运行，

忽然觉得就像自己身处其中。

不！应该说，当我们仰望它们，

总会觉得在自己的身体中

产生了某种非常奇妙的东西。

你对我的爱有如明日之星，

在太阳西下时闪闪发光，

明日东升时又悄然隐落；

又犹如极地上的星座，

决不陷落，

在我们头上编织永生的花冠。

在人生的轨道上，

我深切地祈求诸神，

千万不要让永生的花冠凋谢。

冬天时，谷物的嫩芽缓缓长出；

一到夏天，嫩芽就迫不及待地发芽成熟。

我对你的爱也像如此。

世界上所有的书中最不可思议的就是——爱情的书。

我以心说它，

其中没有欢乐的诗篇，

全书尽是充满苦恼的语言。

在翻译时，

一定会遇到不好翻译的东西，

但也可由此开始发现其他国家的国民与国语。

接受幸福，赠予幸福，

经常是人的最大喜悦。

爱使两人感觉为对方而活，

这可说是天上的至喜。

不知道外国语言的人，
对自己本国的语言也必定同样无知。

具体的表现，这是诗歌的世界；
假定的说明，这是哲学的世界。

自然赐给人类花，
艺术编织美丽的花环。

书本就像新交的朋友。

最初，对一般事情的看法一致，

并感觉到在生活中的任何重大地方都能互相亲切地配合，

觉得非常满足。但是，逐渐深交，

就会慢慢看出彼此不同的地方。

这时候，就应该像年轻时的做法，

不畏惧且深入问题的核心，

快速地找出共同点，充分地分析不同点。

不一定要坚持彼此的想法必须一致。

这才是一种理性态度。

记录已发生之事的书籍几乎少之又少，
这些书籍被流传下来的也少之又少。
文学根本只是些片段的东西，
它只不过是用文字记录下
人类精神的纪念碑罢了。

大众最尊敬作家的地方，
并不是因为他经常提供他们所期待的作品，
而是他按照自己或对方，
甚至各种人类生长的各个阶段，
提供了正确而且有用的想法。

所谓完美的艺术家，

其后天的修为通常胜过先天的禀赋。

只要我们能善用时间，

就永远不愁时间不够用。

感官并不欺骗人，

欺骗人的是判断力。

一个国家的母语，

其力量并不足以排斥外国的东西，

充其量只能将它们融合。

认识错误比发现真理简单多了。

错误总是浮在表面，很容易就被找出来。

真理却总是隐藏在最深处，

谁也不能轻易地挖掘出它的所在。

没有比研究自然更令人兴奋的事。

自然的秘密深不可测，

无论我们人类怎么深入观察，

都被允许。

当我们想彻底查明白自然的结构时，

反而更接近自然，

更能获得新的观察与发现。

这就是自然永远的魅力。

在今天和明天之间，
有一段很长的时间；
趁你还有精神的时候，
学习迅速办事。

我们可以把翻译当成
忙着向我们吹嘘那个半遮手帕的美人
是多么可爱的媒人。
他们想让我们对原作产生无法抗拒的恋情。

真理违反我们的本性，错误则否。

这当中有一个非常简单的理由，

那就是——

真理要求我们认识限制我们自己的东西；

错误则谄媚我们，

并告诉我们并不会受任何限制。

忘掉今天的人将被明天忘掉。

自然的极致就是爱。

也只有爱，才能使人接近自然。

流水在碰到抵触的地方，

才把它的活力解放。

友谊只能在实践中产生，

并在实践中得到保持。

人不光是靠他生来就拥有的一切，

而是靠他从学习中所得到的一切来造就自己。

读一本好书，

就是和许多高尚的人谈话。

劳动可以使我们摆脱三大灾祸：

寂寞、恶习、贫困。

参考文献

[1] 胡慧．歌德传 [M]. 长春：时代文艺出版社，2015.

[2] 杨武能．走进歌德 [M]. 上海：上海社会科学出版社， 2012.

[3] [德] 汉斯·尤尔根·格尔茨著．伊德等译．歌德传 [M]. 北京：商务印书馆，1982.

[4] 高中甫．歌德接受史（1773-1945） [M]. 北京：社会科学文献出版社，1993.

[5] 林郁编译．歌德如是说 [M]. 南昌：二十一世纪出版社，2010.

[6] 范大灿．德国文学史 [M]. 南京：译林出版社，2006.

[7] 袁子茵．歌德 [M]. 沈阳：辽宁人民出版社， 2014.